みぎわに立って

田尻久子

店を営みはじめて十七年が経ちます。
お茶を淹れ、本を売り、ときに唄会や朗読会を催し日々を過ごしています。
そして、いくつもの出会いがあり、出来事があり。
出会った人、見えたもの、聴こえた声、通り過ぎたもの、
すべて記憶することはもちろん叶いません。
でも、それらは、かけらとなって私の中に堆積していき、
ひかるものとなり、あるいは消えていきます。
それを少しだけでもとりだせたらと思います。

*

かけら

十五年を過ごした場所から離れ、店を引越すことになった。引越につきものの些末《さまつ》な雑事に追われながら、店中の細々《こまごま》した物を箱に詰めていく。無駄に広い場所を借りていたので、しまわれっぱなしで忘れていたものが次々と出てくる。思いもかけないところに写真が挟まれていたりもする。そこには、記憶の断片も紛れ込んでいる。写真に写っている商品や当時販売していた本のタイトルを見れば、その頃のことを思い出す。すっかり忘れていたことが、ひらりと脳裏によぎる。

開店してすぐの頃に撮った写真に、鳩が入った鳥籠が写っていた。すっかり忘れていたが、サブレだ。ある日、店の近くの駐車場で、若いカップルが遠巻きに鳩を見ていた。猫に襲われてちょっと怪我をしているみたいなんですけど、まだ近くに猫がいて。そこを離れられずにいるらしい。いつまでも見ていても仕方がないのでとりあえず店に鳩を連れてきて、たまたまあった鳥籠に入れた。誰が言い出したか、サブレと呼ぶことになった。鳩サブレの、サブレ。

怪我は思ったより浅く、数日するとわりに元気になって、ちいさな籠で窮屈そうにしている。もう飛べるかも。思い切って籠から出すと、少しぎこちなさそうに飛んで行った。しかし数日後、鳩が店の前の路地を、きょろきょろしながらうろついている。道幅が狭いうえにアーケードがあるので、普段は鳩が入ってくることなどめったにない。サブレだった。歓迎したい気持ちでいっぱいだが、里心がついては危ない。こんなところで猫に追われたらあっという間にやられてしまう。心を鬼にして追い払った。

サブレは、お客さんと共有することになった幾多の記憶の、はじまりのひとつかもしれない。

こんなふうに引越の準備中は、ぽろぽろと思い出が落ちてきた。窓のレールに積まれた押しピンや、壁に貼っていたポストカードの裏の文字、どうしても剝がれなかった大量の両面テープの跡。人は、どんなちいさな痕跡からも記憶をひろう。

夜明け

雨降りは好きだが、陽の光を浴びないまま幾日も過ぎると、ちょっと太陽が恋しくなる。久しぶりの陽光を浴びているときに、いかにそれを欲していたかがわかる。昨日は曇り空で、ときに雨の気配のする一日だった。それはそれで気持ちがいい。たまにであれば。今朝は一転、朝から光が満ちていて、家では猫たちが窓越しの日差しを楽しんでいた。

新店舗は、東向きにガラス窓が広がるフロアで、終日穏やかな光が入る。お向かいのビルの壁に当たる光と、落ちる影に見とれたり、体に陽の暖かさを感じたりして、私も家の猫同様に楽しんだ。

陽の光は偉大だ。つくづくそう思う出来事があった。熊本地震のときのこと。余震は続いていたが、これだけ疲れていたら眠れるだろうと床に就いた途端、家中が揺さぶられた。後にこちらが本震だと言われた二度目の大きな揺れがきたのが、夜中の一時過ぎだった。外へ飛び出して、近隣の人たちと夜が明けるまで屋外で過ごすことになった。もちろん電気は使えず、灯りは懐中電灯くらいしか用意していない。暗闇というのは恐怖心をあおる。真っ暗闇の住宅街で、借りてきた猫のように、びくびくとしていた。

転んだ大家さんの傷の手当をしたり、地震情報を聞いたりしていると、ひょうひょうとした近所のおじさんが現れた。百円ショップで買い集めたというろんなライトを次々と披露してくれる。こういうのがあると安心するでしょ、あげる。ランタン風のライトをぽんと置いて軽い足取りで去っていった。なんだか少し気が抜けて、こんなときでも笑えた。

そうやって長い夜を過ごしていると、誰ともなく言い出した。鳥の鳴き声がする、夜が明けるのかな。だんだんと東の空が白々としてくる。夜が明けたからといって何が解決するわけでもないが、空が明るくなってくるにつれ、大丈夫、朝がきた、そう思えた。夜明けをこんなに待ちわびたことは、未だかつてなかった。その日は、陽の光に満ちた晴天だった。

ミントシロップと詩集

庭のある古い借家に住んでいたときに、ミントを群生させていた。飾りに使ったり、ミントティーにしたりと重宝した。ミントと合わせて使おうかと、市販のミントシロップを買ってみたことがある。甘すぎたのと着色料の緑色が強すぎたので結局使わなかったが、処分するのは忍びなくて店に置きっぱなしになっていた。

熊本で、大きな地震が二夜連続で起きたときのこと。一度目も、もちろん怖かったが、片づければなんとか日常に戻れるという気持ちの方が強くて、せっせと片づけた。その数時間後、地面が裂けるかと思うほどの、さらに大きな揺れがきた。屋外で夜明けを待ちながら、片づけなければよかったなあと後悔した。店はぐちゃぐちゃだろうなあ、引き戸のガラスは割れたかもしれない。夜が明けても何をする気力も起きない。二晩寝ていなかったので車で仮眠を取ろうとするが、余震が怖くて眠れない。覚悟を決めて店を見にいくことにした。

恐る恐る近づくと、店はなんとか建っている。喫茶店側の引き戸のガラスは、割れてはいないが軒が下がって開かないので、書店側から店内に入った。飾り棚が倒れ、入口付近を塞いでいたので、板が抜けた部分をくぐり、本やガラスが散乱する店内に入った。避ける気力もなくガラス片の上を歩いていると、なぜかべたべたする。ミントシロップだった。シロップを踏んだ靴で動き回ったので、ガラス片が靴にくっついて更にまき散らしている。

とりあえず今日は帰ろうと入口へ向かったとき、頑張れば避けられたのに、つい本を踏んでしまった。チェスワフ・ミウォシュの『世界』という、ナチス・ドイツの占領下にワルシャワで書き上げられた詩集。タイトルと著者名だけが印字してある生成り色のシンプルな紙の表紙に、緑色の汚れを付けてしまった瞬間、とても悲しくなった。地下から這い出た言葉を、踏みつけた気がした。

その本は、自分のものにした。ミントシロップは、もう二度と買わないと思う。

忘れられない一杯

毎日、珈琲を何度も淹れる。喫茶の営業もしているから当たり前だ。お客さんがさっぱり来ない日でも、自分のために淹れるから、珈琲の香りをかがない日はない。

地震の後、まずは食べ物を救出しに店に行った。珈琲を飲みたかったので、豆とドリップの道具も探し出した。余震が続く中、破片だらけの店内にいつまでも滞在する気にはなれず、見つけ出した物を抱えて早々に店を後にした。

友人宅に身を寄せていたので、持ち寄り品で夕食を囲んだ後、珈琲を飲みたいかと訊くと全員が飲みたいという。十人ほどいるから、豆はほとんどなくなってしまいそうだ。いつもより豆の量を減らそうかと迷ったが、こんなときこそと思い直して、普段通り濃い珈琲を丁寧に落とした。ぽたぽたとフィルターから珈琲が落ちていくとともに、動揺が振り払われていく。ゆっくりとドリップをしていると、平常心が戻りはじめる。当たり前のことをできる、ということが人を落ち着かせると知った。

営業再開後しばらくして、お客さんから電話がかかってきた。震源地に近いところにお住まいなので、被害がひどかったようだ。水道が復旧していなくて不便な生活が続いている、出かけることもままならない、などとおっしゃる。珈琲が大好きな人なので、どうしていますかと訊いたら、まともな珈琲はずっと飲んでいないと言う。家から車でそう遠くないから、明日淹れてもっていきます。そう言うと、ほんとに？　声が弾んだ。出前珈琲だ。

朝から、家で水筒に入るだけの珈琲を作り、彼女の家を探した。なるべく淹れたてをと思うと、あせってなかなか見つからない。そもそも方向音痴なので、ぐるぐる廻ってしまった。やっと着いて、渡して帰ろうとすると、一緒に飲みましょうとおっしゃる。すでにコーヒーカップもお茶請けも用意してあったので、頂いていくことにした。今日飲んだ珈琲のことは、きっと忘れないと思う、そう言ってくださった。私にとっても忘れられない一杯となった。

雨の日の本屋

以前借りていた建物は古かったので、たびたび雨漏りがした。古いから雨漏りくらいはしょうがない、と言ってはいられない。本が濡れては商売にならない。営業中なら、本をよけたり、バケツを置いたりして応急処置をするが、夜中に降り出したらどうしようもない。

ある日、出勤して薄暗い店内に入ったら、バシャッと音がした。電灯をつけると、床に水が溜まり、本が濡れてしまっている。取次を通していない本屋なので返品はできない。持っていない本は私が読めばいいが、濡れているのは持っているものが多い。もっと大変なことが、店を始めてから幾度もあったはずなのに、このときは不覚にも泣きそうになった。一冊も本が売れない日もあった頃だったからかもしれない。雨が嫌いになりそうだった。

ブルーシートを敷いたり、濡れた本をよけたりしていると、大雨の中、常連さんが来た。テーブルの下に置いていた濡れた本の中から、あっという間に数冊選んで持ってこられた。濡れてるから……と言おうとすると、ちょうど買おうと思っていた本だからと、大きい笑顔でにっこりとされて、何も言えなくなり買って頂いた。その後も、お風呂で読むから気が引けなくていいと言ってくれる人もいた。悪いことの後には、いいことがある。

引越を決心させたのも雨漏りだった。地震で傷んだ部分から雨が天井裏に侵入して、天井が一部剥がれて、また雨漏り。本も濡れてしまったが、あまり気落ちはしなかった。なんとかなる、引越そう、そう思っただけだ。

今では、雨音を聞いても不安にはならず、嬉しいことを思い出す。せっかく熊本に行くのに雨だなんて嫌だなと思っていたんですが、ここにいると気持ちがよくて、雨でよかった気がする。遠方からいらした方に、そう言われたことがある。私もそう思う。雨の本屋は気持ちがいい。本が雑音を吸収して雨音だけが響き、いつもより言葉と親しくなれる気がする。

今日は、終日雨だった。みな気持ちよさそうに本をさわっていた。

日常と暗闇

映画館の暗闇は、いつもわくわくする。うっすらと音楽が流れる開演前、そして始まりを知らせる音。暗闇に沈み込むからこそ日常と切り離される。十代の頃、ヴィム・ヴェンダースの『ベルリン・天使の詩』を映画館で観た。人間になりたくなった天使の話。天使たちはいつも人間の傍らにいる。人々にそっと寄り添い、心の声に耳を傾け、人知れず慰めたりしている。そして、心の声のざわつきに疲れたら図書館で休息する。そこでは、人間たちは穏やかで心の声も静かだから。私は天使ではないが、本を選んでいるお客さんを毎日見ているので、天使が図書館でほっとする気持ちがなんとなくわかる。

熊本地震の後、大人数を収容する施設は軒並み使用できなくなった。もちろん映画館も。店の近所に映画館があり、映画好きのお客さんが多いので、再開を待ちわびていた。だから、その映画館から上映スケジュールと映画のチラシが届いたときは、みんなで盛り上がった。私が観たかった映画『写真家ソール・ライター』の上映時間が朝一番になっている。伝説の写真家の最晩年を撮影したドキュメンタリー映画だ。出勤前に観に行けるのでちょうどいいと、早速足を運んだ。でも、その頃はまだ余震が頻繁に起きていた。喜んで出かけたものの、暗い場所に閉じ込められることは不安だった。

久しぶりの開演のベルに、少し緊張する。大きな余震が来たら、外へ飛び出してしまう人もいるのだろうか。やはり上映中に何度か揺れるが誰も席を立つ人はいない。次第に、暗闇が現実世界の不安を追い払い、映画の世界へとひきこまれていく。ソール・ライターのゆるやかな語り口と写真がふわふわと頭に残り、映画館を出たときはすっかり心が軽くなっていた。

いまでも映画館に座っていると、ブルーノ・ガンツが演じるおじさん天使の姿をときおり思い出す。天使がいるとしたら、きっと映画館の階段でも休息するに違いないから、観ている間に揺れても怖くないのかもしれない。いたらいいのにな。

汀《みぎわ》に立つ

石牟礼道子さんの本を買った女性が、帰り際ふいにおっしゃった。石牟礼さんの文学が大好きなんです。なんだかよくわからないんですけど、魂にどすんときて。

どすん、とくる。なんと率直な表現だろう。文学のことはよくわからないけど、ともおっしゃった。そのどすんとくる何か、というのは表すのが難しい。しかし、言わずにおれない気持ちが湧きだしたように、少しはじらいながら語った彼女の石牟礼さんへの思いは、あまり面識のないお客さんであるにもかかわらず、言葉以上に気持ちが伝わった。

私は、どすんとくるというよりも、魂をもっていかれる感じがする。石牟礼さんは細部を事細かに描写する。長年、彼女を支え続けた渡辺京二さんは、石牟礼さんには描写本能が素質としてあるとおっしゃった。彼女の眼で物事をじっと見つめていると、私はそこにひきずりこまれていく。

石牟礼さんの『天湖』という小説の中で、村がダムの水底に沈められていくさまがいくどか描かれる。たとえば、こう書いてある。

大小の蟻や、脱皮途中の淡緑色の、なんとも夢幻的な小さな蝶たちが、紙よりも薄そうな羽根を破られて漂い出てきた。

読みながら、ともに飲み込まれていく生類を、私もこの目で見ている。あるいは、その汀に立ち、村人とともにダムの底に沈んでしまった村を覗き込んでいる。村の者たちの思いがこもったしだれ桜が伐《き》られたとき、〝その切口から血を噴き出すような鋸屑を散らした〟とある。私はその鋸屑も浴びたような気になる。〝盛りの花をつけたまままゆっくりと倒れ、生首をとられたもののように転がった〟桜を、撫でさすりたいとも願った。そうして、何度もその水の底に立ち現れる村を、しだれ桜の木の下を、うろうろとさまよう。

頁を閉じると、身体がいまいる場所になじむのに、ほんのちょっと時間がかかる。置いていかれたような気持ちになる。そこから還ってきたときに、ああ今、魂がもっていかれていた、と感じる。

海の青

オレンジ色が好きだと思われている。そりゃ、そうだろう。最初に開いた喫茶店の名前がオレンジで、隣に借り増しして開いた本屋の名前が橙書店だ。今は、引越して一緒にしてしまったので、どっちでも好きな方で呼んでくださいと言っている。

でも、いちばん好きな色は青だ。何かを選ぶときに、青色と他の色があれば、たいてい青を選ぶ。持っている服の半分くらい青かもしれない。青といっても、いろんな青がある。空の青、海の青、ルリビタキの青に朝顔の青。今日は天気がよかったから、水彩絵の具を水に一滴落としたような灰青色に空が暮れていく。

父方の墓が海の近くにあるので、子供の頃は山より海へ連れていかれることが多かった。海の青には、その頃から惹かれている。

夏休みにはいつも、墓参りのついでに海水浴へ連れて行かれた。それなのに、ろくに泳げない。それでも二十代の頃は、夏になると毎年のように海水浴へ行った。浮き輪なんかにつかまってぷかぷかと浮いたり、砂浜に寝そべったりするだけでも楽しかった。それに、休憩所でラーメンの出前を取るのも楽しみだった。海水浴場で食べるしょっぱいラーメンは、なぜか無性に美味しかった。

今では、夏より冬に海へ行くことが多い。静かな冬の海に引き寄せられる。人気《ひとけ》のない海岸で夕陽が沈むまでぼんやり海を眺めていると、ここにいるのにいないような心持ちになる。青は、刻一刻と変化して橙色に染まりはじめ、現れては消える色の変化は見飽きることがない。そして、ついには暗闇がやってきて、取り残されたような気持ちになる。海のそばで暮らしたことがないので、慣れ親しんでいるとは言えない。海が好きだというよりは、惹かれているという方がしっくりくる。そして、畏れてもいる。

夜のとばりがおりて、空に半月が浮いている。月はいつになく橙色でくっきりとしている。あやしいくらいに色鮮やかだ。空は、暗いが蒼い。夜の海にも、月が浮いていることだろう。

古本屋さん

古本屋さんとよく間違われる。小さい店だし、棚に古材を使ったり、古い家具を置いたりしているからかもしれない。古本屋さんではないと知ってがっかりして帰る人もいれば、これ店で売ってくださいと見ず知らずの人に古本を渡されたこともある。新刊書店なので……と言いかけたが、そそくさと出ていかれたので言えなくてもらってしまった。

なぜ古本屋ではなく、新刊書店を始めようと思ったのかと訊かれることもある。個人経営で、しかも書店に勤めたこともない人間がいきなり新刊書店を始めたことに違和感をおぼえるのだろう。古本屋さんより新刊書店が好きだという訳ではない。本好きな人間は大抵そうだろうが、どちらも好きだ。ただ、知識が豊富ではないので新刊を扱っている。古本屋さんのほうが、本に対する知識はずっと必要だと思う。それに、読んでほしい本は何冊でも売りたい。どんな本がよく売れますかと訊かれるが、結局お薦めしている本がいちばん売れる。

近所に古本屋さんが少し増えた。たまにのぞくと宝探しをしているような気分になる。だがその気分は楽しいかというと、そうでもない。この中にきっと欲しい本があるはずなのにと、気が急《せ》く。貧乏性だなあと思うが、せっかく来たから何か見つけたいと焦るのだ。もっとゆったりと選ぶことを楽しめればいいのだけど、いまさら性分は変えられない。

つい最近、そうやって焦りながら探していたら、ずっと欲しかったけど、欲しかったことも忘れていた本が目の前に現れた。装幀家の栃折久美子さんが、ベルギーにルリユール（製本）の技術を学びにいったときのことを書いた『モロッコ革の本』というエッセーだ。彼女の本は何冊か読んでいたが、これは読めていなかった。

あー、これ読みたかったんだった。そう思うときが、古本屋さんでいちばんうれしい瞬間だ。この本を最初に読みたいと思ってから、十年近く経っている。もったいなくてしばらくは読めないと思う。

森の都と金峰山

旧店舗と新店舗のあいだに、熊本交通センターがある。旧店舗から五分とかからない場所だが、以前はめったに行くことがなかった。移転の準備中は、二か所を行ったり来たりすることが多く、交通センターの前でよく信号待ちをした。そこを久しぶりに通ったとき、違和感があった。大きなアーケードを抜けてそこに至るのだが、なんだか開放感がある。あっ、山が見える。建物で隠れていた金峰山《きんぽうざん》が見えている。都市計画で建て替えることになったので、交通センターが解体され見えるようになっていたのだ。

熊本は盆地なので、車で少し走るとすぐに山がある。山の向こうには海もあるから、もうちょっと走ると海も見える。だから、海も山も小さな頃から親しかった。熊本は森の都て言うばってん、やっぱそがんたいねえ。祖母は車に乗ると、子供のように窓にしがみついて、そう言っていた。祖母が幼かった頃に比べると緑は減っていただろうが、それでも嬉しそうだった。

子供の頃に沁みついた光景は、何かの折に顔を出す。木々のざわめきや波間の光、透明な水底、そういったものが自分の体の中にしまわれていて、ときおり感情をゆさぶる。幼い頃によく遊びに行った水源には今でもたまに行く。車で十五分くらいなので、行こうと思えばいつでも行ける。でも、整備されて鬱蒼とした感じはなくなり、少しよそよそしい。子供の背丈で胸まで水位があった水場は一部干上がっていて、そこを見ると少し悲しくなるのだが、行かずにはいられない。

街から山が見えるのが当たり前だったのは、どのくらい前のことだろう。人によっては、違和感を覚えるのではなく、懐かしいと思う風景であるのかもしれない。何年かするとまた、金峰山は繁華街からは見えなくなる。この風景を手放すのは惜しい気がする。今のうちに目に焼き付けておこうと思う。

信号待ちをするたびに、このまま金峰山が見えていればいいのに、つい、心の中でつぶやいてしまう。

動物と本棚

羨む、ということがあまりない。家が裕福でなかったからかもしれない。いちいち羨んでいたらきりがない。

小学生の頃、うちには電話がなかった。いくら昔の話といっても、ほとんどの家には既にあった。住所録の電話欄が自分のところだけ空欄なのが少し恥ずかしかったが、それでからかわれたことはない。

多くの人が自分の家は中流家庭だと思っていた時代に、新興住宅地の中にある団地に住んでいた。一戸建に住んでいる同級生の家は新築が多く、みんな習い事や塾に行っていた。ピアノやエレクトーンに、書道や公文式。もちろん、私の家にはそんな余裕はないので、行きたいと言ったことはない。ひとりでいるのが苦にならないので、そんなに習いたいとも思わなかった。みんなが忙しそうに塾や習い事に精を出している間、思う存分、図書館で借りた本を読んでいた。友達の家に遊びに行っても、結局みんなで漫画本を回し読みしていたから、ひとりでいてもみんなといても大差ない。

子供同士の誕生会というものが流行り出したのは、私たちが子供の頃からではないだろうか。お呼ばれして誕生会に行くことで、家々にも経済の格差があることを知ったように思う。ピアノを習っていても、家に本物のピアノを持っている子と、持っていない子がいる。

子供の頃、羨ましいものがふたつだけあった。動物と本棚だ。同級生に開業医の娘さんがいた。たまに家に遊びに行っていたのだが、階段の踊り場のようなところにしつらえの本棚があった。まるで小さな書斎のように。こんなところにまで本棚が、とひどく羨ましかったことを憶えている。

動物をたくさん飼っている同級生の家にもよく遊びに行った。猫に犬にハムスターがお目当てだった。団地では動物と暮らすことができない。ハムスターをつぶさないように、そろそろと手で包む。その、くすぐったいような、温かな触り心地が、帰り道までずっと続いていた。見えないハムスターを手のひらで包んで家に帰った。

黒猫のみつお

店の近所で人気者になっている猫がいた。名前はみつお。去勢も済んでいて、いわゆる地域猫だ。自由気ままな生活で、近所の和菓子屋さんを拠点に闊歩していた。悪そうな顔のわりに可愛がられていて、体がいつもべたべたしているのに、汚れてるねーと言いながら誰もが撫でてくれていた。甘えん坊で人懐《ひとなつ》こく、人が通るとニャアと呼び止めるから、どこにいてもすぐわかる。子分を連れて来て食い扶持《ぶち》を増やしたり、何をしたのかわからないが大怪我をして帰ってきて、病院に運ばなければいけなくなったりと、騒動ばかり起こして和菓子屋さんを困らせていたが、愛すべき猫だった。

ある日、何気なく外を眺めていると、みつおがいそいそと歩いている。目で追っていると、口に何かくわえている。ねずみだ。和菓子屋さんに向かって小走りしている。貢物か報告のつもりだが、店にとっては嫌がらせのようなものだ。慌てて追いかけると、中の人たちも気が付いて騒動になっている。入れるわけにはいかないから、お客さんも出られない。みつおは、なんで開けてくれないのかと憮然としているが、口が塞がっているので鳴くこともできない。褒められると思ったのだろうが、店内で退治するならまだしも、外からねずみを持ち込んでは褒められるはずがない。

和菓子屋さんは、うちが引越すより先に店を閉じることになった。みつおはどうなるのだろうと思っていたら、自宅に連れていくとおっしゃる。好き放題していたから、家猫になれるかどうか心配していたのだが、思いのほか家に馴染んで、外に出たいというそぶりもなく、くつろいでいたそうだ。

たったいま、みつおが天国へ旅立ちました。クリスマスイブに、和菓子屋さんからメールがきた。クリスマスに蝶ネクタイ風の首輪を付けていたみつおを思い出す。イブを命日にするなんて、絶対忘れさせないつもりだね、さすがみつおだねと、お客さんと言い合った。最期まで存在感が強く、愛嬌のあるやつだった。

朗読会

店で朗読会を開くようになるまで、朗読を聴くということがなかった。はじめての朗読会は、伊藤比呂美さんだった。詩集『コヨーテ・ソング』の刊行記念。まだ書店を営んでいなかった頃なので、聴きにきたお客さんの中には一冊の詩集すら持っていないばかりか、本はあまり読まないという人もいた。いったい伊藤さんはどうやってこの詩を読むのだろうと、みんな興味津々だった。

コヨーテに出会いたいと咆哮《ほうこう》する詩人。ときにグロテスクですらある言葉の数々。ペニスにヴァギナに喘ぎ声。はじめて開く朗読会だというのに、それはとても刺激的で濃密な詩集だった。

今でこそ、伊藤さんの朗読が職人技だと知っているが、そのときは、文学に疎いお客さんでも朗読を楽しめるのか少し心配だった。でも、いざ朗読が始まると誰も退屈なんてしていない。最後の詩で、ちょっと泣きそうになっちゃった、と言っていたお客さんさえいた。朗読は、座って静かに読む人もいれば、歌うように読む人もいる。伊藤さんは、ときに立ち上がり、髪を振り乱し、旅芸人のように聴衆をとりこにする。

翻訳家の柴田元幸さんの朗読会も何度かやったのだが、地震の後でうれしいメールをくださった。添付ファイルを開くと手書きのメッセージが現れる。

橙書店で　また　朗読やりたいです

「橙」という字は橙色で書いてある。見慣れた柴田さんの丸い文字を見て、ふっと気持ちが軽くなった。

新しい場所での最初の朗読会は柴田さんだった。事前に、リクエストはありますかと尋ねてくださったので、レアード・ハントの『優しい鬼』をお願いした。大好きな作家で、この人の作品をずいぶんお客さんにすすめているから、ぜひ聴いてみたかった。

その日の朗読会は、まるで語り手と聴き手が一体となったようであった。音楽のようによどみない柴田さんの朗読を、みな真剣な面持ちで聴いている。まるで、炉端で昔語りをする老人の話を、夢中で聴く子供たちみたいに。

めぐる音

店を引越す直前にライブをしてくれた人がいた。何がなくとも、福岡から幾度も遊びにきてくれたウクレレ弾きのゼロキチさん。最後に演奏したいから、ふらっと行く感じで投げ銭ライブをさせてください。そう言ってくれた。思えば、開業して初めてのイベントで音を奏でたのも、ゼロキチさんだった。初ライブの前座で演奏してくれた。さいしょとさいごを飾るね。まるくおさまる感じが、なんだかしっくりとくる。

ウクレレは、大げさじゃないところがいい。弾く人の懐にすっぽり収まって、ふらっと現れる。音は、前からそこにあったように親しく響く。最後ということもあって、ライブにはよく知っている人たちが集まった。みんなの会話がそのまま音に流れていくように演奏がはじまる。おなじみの曲を聴いていると、雲のようにぽかりぽかりと、今までのことが浮かんでくる。耳が、いくつもの音を再現してしまう。ウクレレは優しい音だから、想いがめぐる余地がある。聴いているみんなの背中を見ていたら、不覚にも涙がうかんできてしまった。

移転先での初めてのライブは、何度も来てくれている、京都のふちがみとふなとさん。ふなとさんのコントラバスにあわせて、ふちがみさんがうたう。彼らのうたがとても好きだ。腹筋が痛くなるほど笑えるうたがある一方で、風や山が見え、夕餉《ゆうげ》の匂いがする曲がある。陽が沈むのを見ているときに、ぎゅっと心をつかまれるような瞬間を音楽が引き出す。

あれ当たったらどうしよう、そういうものをあえて持ってきました、とライブ中に引越祝いと称して大抽選会をしてくれた。でっかい聖護院《しょうごいん》大根やライブ先で買った土産など、いろんなものが出てくる。特賞は、二人がそれぞれ橙書店で買ってくれた本。はずれなしの抽選会に、笑いが絶えない夜だった。

音はゆったりと響いた。壁や天井が変わったから、響き方もどこか違っているはずだ。体全部で音を聴くことの気持ちよさを、久しぶりに味わった。

最後の一個

猫のみつおがいた和菓子屋さんは、百年近く続く老舗だった。このお店のお饅頭を初めて食べたときのことを覚えている。小学生の頃、学校の裏にある同級生の家によく遊びに行っていて、そこでおやつに出してもらった。とても美味しかったから覚えているのだ。大人になってから、このお店のものだと知った。

私の店とは互いに入口が見えるほど近く、挨拶を交わしたり、愚痴を言いあったりした。雨ふりは暇よねえ、などと。営むご家族は笑顔の絶えない方たちで、いてくださるだけで有難かった。だから、店が閉じることになったと聞いて、心もとない気持ちになった。

閉店が近づくと、連日お客さんが押し寄せた。そんなものだ。特に名物の手焼きまんじゅうは注文が殺到して、夜中でも作業場に電気が灯っていた。電話が鳴りっぱなしなのよ。疲れているはずだが、いつもと変わらず笑顔で挨拶してくださる。もう食べられないと思うと食べたくなるのは当然の心理だが、つい、じゃあ普段からもっとたくさん買ってくれていればよかったのにと思ってしまう。いつでも食べられる、いつでも会える、いつでもできる、そんな保障はどこにもない。地震を経験してからは、前にも増してそう感じている。

閉店間近になると、県外からやってくるお客さんもいた。店頭には限られた商品しかなく、目当てのお饅頭が買えなくてがっかりして帰る人も多かった。以前近くの映画館で働いていて、今は県外に住む女の子も、わざわざ来たのに買えなくてしょんぼりしていた。お客さんに頂いたのがひとつだけ残っていたのであげると、大切に食べますと宝物のように持って帰った。

でも、ほんとうの最後の一個は、別にあった。思いがけず手に入れたものだ。和菓子屋の娘さんが、エプロンのポッケから一個取り出して、少し失敗作なんですけど父が持っていけって、と渡してくださった。どこが失敗なのかさっぱりわからなかったが、私にとってはむしろ、忘れられない特別な一個となった。

糠床の匂い

いつからか忘れてしまったが、店に糠床がある。スタッフの実家で漬けているという話を聞いて、やってみることになった。面倒なのかと思ったら意外と簡単で、今も糠床は元気にしている。

ある日、糠を混ぜていたらお客さんが入ってきた。糠床って魔法の箱みたいよねえ、入れたら何でもおいしくなって。カウンターの中を覗いて、心の底から感心するようにおっしゃる。理屈を説明するよりも、魔法ということにしておいたほうが、なんだか美味しい気がした。いろんなものを入れてみたが、ゴーヤの評判がいい。そのままだと食べられないけど、これだったら食べられるという人もいる。

糠漬けの味は、日々変化していく。入れるもので変わっていくし、かき回す人でも味が変わるらしい。酸味が強くなったり、甘みが増したりと。スタッフが混ぜる日もあれば、私がやる日もある。季節の変化にあわせて、置き場所を変える。糠を足して水分、塩分の調節をする。実家に糠床があるというスタッフが教えてくれた。

仕事にしているから何年も続いているが、家ではきっとできない。面倒くさがりだし、漬かったものを食べるのが追い付かないだろう。地震のときにも、すぐにではないが、忘れずに持ち出した。真夏だったらだめになっていたかもしれないが、春だったので無事だった。そういえば、この中に野菜が入ってる。流通が止まり、生ものが不足していたから、そう気付いたときは嬉しかった。しばらく友人の家に避難していたので、糠床もそこへ居候した。他にも避難している人がいたので、みんなで食卓を囲む。水道が止まっていたので、なるべく水を使わずに、ティッシュペーパーで糠をこすりとったりして難儀したが、誰もが喜んで食べてくれた。

糠床を教えてくれたスタッフは東京の実家に戻ることになった。懐かしい実家の糠漬けを食べるはずだ。彼女がいなくなっても、店には糠床が残る。店内にはいつも、微かに糠床の匂いがしている。

しみと蜘蛛

店を改装するとき、天井板を剝いでそのままむき出しでしつらえたので、部材の濃淡が見えている。その塩梅を気に入っている。この間、そのグレーの濃淡をしげしげと見つめていたら、祖父母が住んでいた古い借家の天井の記憶が頭をもたげた。子供の頃、天井のしみが怖かった。

小学生の頃は、夏休みに弟と二人だけで祖父母の家に泊まることがあった。古い家だったので、アシダカグモがよく出た。じいちゃんとばあちゃんに挟まれて並んで布団に寝ていると、真上に手のひらより大きいアシダカグモがいる。あれが顔の上に落ちてきたらどうしようと気が気じゃなくなる。じいちゃん、怖い。訴えても、退治はしてくれない。蜘蛛はなーんもせん、夜に蜘蛛ば殺したらいかん。

便所にいる蜘蛛はもっと怖かった。汲み取り式だったので、夜おしっこに行くのはただでさえ怖い。薄暗い狭い場所におそるおそる入り、四方を確認する。もしいたら、終わるまで居場所を確認し続ける。蜘蛛は目と鼻の先だ。動かないで、といつも念じていた。便所から出ると、一目散に寝床に向かう。狭い家だったのに、夜は家が膨張したように感じた。布団に戻ると目がさえて寝付けない。蜘蛛はいないかと天井を見つめる。だんだん、天井のしみが何かの形に見えてくる。その何かが動き出したら、どうしよう。そのうち目が慣れて、暗闇が暗闇じゃなくなってくる。しんとした家の中で、気配が満ちてくる。気配に包まれて、気づけば寝てしまっていた。

いまは夜になっても、あの暗闇はもうない。窓の向こうは、信号や、集合住宅やパチンコ屋の明かりで騒々しい。

いまではアシダカグモも怖くない。怖くはないが、じいちゃんの言いつけを守って殺さない。以前はかなり古い建物を借りていたので、店にもよく大きいのが出ていた。お客さんに驚かれないように、ちょっと追い込むと、器用に隙間にするすると入ってくれた。蜘蛛を見ると、ちょっとじいちゃんを思い出す。

たまり場

家から店までは車で移動する。店を引越したので、駐車場も場所を移すことになった。以前の駐車場は店内から見えるくらい近く、車に用がなくとも行くことがあった。電話がかかってくると、少しでも陽に当たりたくて、ビルの隙間の空を眺めながら駐車場で話した。日差しと共に移動する猫たちを眺めにも行った。駐車場は近所の猫に人気で、車の下や、塀の上は猫のたまり場だった。

ある日、朝から店の前を掃いていると、駐車場の真ん中あたりに猫が横たわっているのが見えた。その日は雨降りで、店の前の路地はアーケードがあるから濡れていないが、道向こうの駐車場は濡れていて、猫が寝そべるのはおかしい。嫌な予感がした。近づくと、やはり死んでいる。冷たい雨に打たれているのに、まだ体は少し暖かかった。雨で視界が悪く、バックする車が轢《ひ》いたのだろう。人間の仕業に決まっている。ごめんねと謝って、タオルでくるんだ。猫を可愛がっているご近所さんが通りかかったので見せたら、火葬の手配をしてくれた。

駐車場にいるのは猫だけではなかった。ねずみが猫に追われていることがあると思えば、カラスが猫のごはんを横取りしている。駐車場の奥の建物のあいだからタヌキが顔を出すこともあった。猫より警戒心が強いので、いつも一瞬しか顔が見えない。ほんとうは山に住みたいだろうに、住処を奪われて雑居ビルの隙間で暮らしている。私も奪う側のひとりだから、やっぱりまたごめんねと思う。思ったところで何の役にも立たないのだが。

駐車場の奥には管理小屋とお地蔵さんがあった。雑然としていて、小屋は明らかに使用されておらず、雨風がしのげるそこは猫たちの憩いの場となっていた。でも数年前に、駐車台数を増やすために取り壊されてしまった。お地蔵さんだけが、かろうじて残っている。契約が切れる最後の日、お地蔵さんに挨拶をした。長々、お世話になりました。大晦日の前日、寒くて猫は一匹も顔を出さなかった。

グレーと白の冷蔵庫

店には電化製品がたくさんある。ガスを使えないので、そのぶん電化製品が増える。だから、年にひとつふたつは何かしら壊れる。ケーキを焼いている最中にオーブンレンジが壊れたこともあった。ないと困るものばかりなので、ちょっと大根買ってくる、そんな勢いで近所の電気屋さんに買いにいく。

電化製品の耐用年数が昔に比べると短くなったような気がするが、一度も壊れなかったものもある。二台あった家庭用冷蔵庫だ。一台は開店のときに買ったもので、もう一台はお客さんに頂いた。いきなり、冷蔵庫要りませんか、とお客さんから電話がかかってきて、もらうことになった。引越で要らなくなった冷蔵庫をもらい受けたらドアが小さくて家に入らない、今日ならこのまま業者さんが運んでくれるから、と言う。まだ出勤していなかったので、店の前に置いておいて、とお願いした。店に着いたら、冷蔵庫が店の前の路地をふさいでいて慌てた。ご近所さんを数人呼んで無理やり厨房の中に入れながら、出すとき大変だよねーと笑ったことを、引越のときに思い出した。

グレーと白の冷蔵庫。平行に置けなくてハの字状に置かれた二台は、奇跡的に一ミリくらいの隙間で互いの引き出しを開けることが出来た。傷だらけでゴムパッキンも劣化した二台の冷蔵庫は、ともに過ごした十五年を物語っている。壊れてもいないのに捨てるのは忍びなかったが、新しい店舗は狭く置くスペースもないので処分することにした。

電化製品といえども長年使っていたら愛着がわく。電話機が壊れたとき、やはり困るのですぐに買いに走った。子機をカウンターの端に置いていたので、そこに表示される時計で時間をいつも確認していた。無意識にどれだけこの電話を眺めただろう。でも、とっておく訳にもいかないので、ご苦労様ですとつぶやきながらゴミ袋に入れた。入れた瞬間にピーと音がして、どきっとした。充電器の電池が残っていたらしい。なんだか申し訳ない気持ちで袋を閉じた。

眺め忘れた風景

旧店舗を引き渡す前、何もなくなった店の中を隅から隅まで眺めまわした。店内には、知らない匂いが充満している。いつの間にか、違う場所になっている。店特有の匂いがあると、お客さんによく言われる。売り物のせっけんやオイル、仕込んでいるカレー、新刊の本のインク、いろんな匂いが混ざりあっているのだろう。自分ではよくわからない。一日中いる場所なので麻痺している。それなのにからっぽになった途端、今までと違う匂いに変わったのがわかった。湿っぽい、古い建物の匂い。雨漏りで天井が抜けた部分は、かび臭い。本来の匂いがしているのだろう。

喫茶店側の二階の踊り場から、一階のフロアを見下ろした。厨房だった場所の奥の窓を開け、外も見た。外と言っても、開けたらすぐに壁で、隙間にごちゃごちゃと、なんだかわからないトタンの切れ端やブロックなどがはさまっているだけだ。そこをよく野良猫が通っていたが、その日はいなかった。密かに気に入っていたトイレの天井部分にも上がった。たまに家の猫を連れて出勤していたのだが、帰る時間になっても猫がそこに上がって降りてこないことがあった。もう帰るよと、迎えに行っていたので、眺めがいいことを知っていた。書店も一周し、階段の最上段から外を眺めた。長々ありがとうございました、と建物にお礼を言って気が済んだ。隅々まで見納めたつもりだった。

ところが、突然気が付いた。屋根にのぼりそびれてしまったことを。知っていた人は少ないと思うが、書店の二階に屋根に出られる非常口のような部分があった。屋根で歌った人もいれば、ギターを弾いた人もいる。屋根の上の排水口にゴミがつまって雨水が溜まったせいで雨漏りしたときは、そこから屋根に降りて排水口を掃除した。スカートをまくりあげ、汚水の中にじゃぶじゃぶと入って、木切れや虫の死骸を取り出した。

最後に屋根にのぼって、あそこからの風景を眺めたかったな。唯一の心残りとなった。

*
*

書棚と蜘蛛

書棚を整えるのはいちばん好きな仕事だ。だから、一日の終わりにやるようにしている。ご褒美のようなものだ。

揃えたり、補充をしたり、並べ替えたり。特にすることがないときでも、少し照明を落とした誰もいない店内で背表紙を眺めてから帰る。営業中にやる場合は、現実逃避をしたいときだ。やりながら、自分の店なのについ立ち読みをしている。もしくは、背表紙をぼんやり眺めている。背表紙はけなげだ。どんなに薄くても、ちゃんとタイトルと著者名が入っている。本の佇まいを表すような細工が凝らしてある。何かの本に、背表紙を眺めるのも読書だと書いてあった。家にいるときも、そこら中に本を置いているので、どこに居ても背表紙が目に入る。玄関も台所も、風呂場もトイレも。ということは、寝ているとき以外は、ほとんど読書をしていることになるのだろうか。

最近では電子書籍を読む人も増えたが、そうすると背表紙は読めないんだなあと、ふと思った。しかも、さわれない。よく本を撫でまわすので、電子書籍では満足できない。撫でまわすと言うとなんだかいやらしいが、カバーをはがしたり、撫でて紙質を確かめたりしている自分のさまは、撫でまわすとしか言いようがない。

ある日、詩集の棚で少しだけ糸を張って寝ている蜘蛛がいた。気が付いたのは朝なのに、夕方になっても同じ場所にいる。随分のんきな蜘蛛だと思ったが、よく考えたら一日中誰もこの棚をさわっていないということなのに、蜘蛛を観察している自分の方がのんきだ。お客さんに、同じ場所でずっと寝ている蜘蛛がいると言ったら、死んでるんじゃないの、と言われた。そんなこと露程も思わなかった。でも、寝ていたら悪いから、そのままにして帰った。はたして翌朝、まだいる。やっぱり死んでるのかとさわろうとしたら、そそくさと逃げて行った。

移転先はビルの二階で日当たりがよい。気持ちはいいが、書棚に蜘蛛を見かけなくなったのが、ちょっとさみしい。

ノートのアルバム

店を引越した翌月、一冊のノートが届いた。無罫のツバメノート。遠くに住むお客さんからだった。数えるほどしか来たことはない人だが、いつもゆっくりと本を選び、店の写真を撮って帰る。彼女は写真を撮る仕事をしていて、最初はトークイベントをしに来た人と一緒に遊びに来てくれた。そのときも、イベントの様子を写真に収めていた。地震の後にもすぐ来てくれて、お茶を飲み、本を選び、店内を散歩するように歩いていた。

ノートの表紙をめくると、橙書店にて、とある。次の頁には、喫茶店側の天井付近の写真。それから、書店の入口、壁に貼ってある、お客さんから届いたハガキ、壁に空いた穴ぼこ、書店と喫茶店の間の通路……そこここの写真が、一頁に一枚ずつ貼ってある。地震で剝がれた壁も写っている。いつ撮られたのか気付きもしなかった私の足の写真もある。

毎日見ていたはずの場所なのに、彼女の視線で見ると、見えなかった部分も見えてくる。同時に、懐かしい気持ちでいっぱいになる。そのノートが届いた頃、新しい場所で無事開店し、以前の場所は部分的に解体がはじまっていた。入口が壊され、一階と二階の間の天井がぬかれ、大好きだった土間はコンクリートが流された。その様子を、たまに、通りすがりに眺めていた。

彼女がくれたこのアルバムに、誰もが感情を揺さぶられるわけではないだろう。店に来たことがない人にとっては、他人の家族アルバムみたいなものだ。でも、知っている人にとっては、その場所で過ごした十五年を鮮やかに脳裏によみがえらせる写真だ。元スタッフの中で、いちばんのさみしがり屋に見せたら、だめだあ、と言って泣いていた。

頁の最後に、数行の手紙があった。これからもよろしくお願いします、と結んである。口数が多いとは言えない彼女が本を選ぶときの様子は、黙っていてもわくわくしていることがわかって、とてもかわいらしい。少し増えた書棚を見て、きっと喜んでくれるに違いない。

開店祝いの木片

脳梗塞で寝たきりの野坂昭如さんに、黒田征太郎さんからの絵はがきが毎日届いているという記事を、数年前に雑誌で読んだ。野坂さんが倒れてから始まったという。どれも、毎日送っているとは思えないほど、豊かで魅力的な絵だった。

その数年後、私は黒田さんと知り合い、野坂さんの本にまつわるイベントをやりませんかと言って頂いた。しかし、しばらくして野坂さんは亡くなってしまった。予定通りイベントをやるかどうか思いあぐねて、話は宙に浮いたまま、春になり地震が起きた。

地震の片づけに追われていた頃、来店した知人から、黒田さんから言づけられたという本や絵を頂いた。本にはサインと絵が描いてある。絵は、野坂さんに描き送ったという絵はがきと様子がよく似ている。画用紙を切ってハガキに見立てたもの。橙書店に行くならこれを持って行ってと、その場で描いてくれたらしい。それから、絵はがきが届くようになった。ぽつりと一枚届くこともあれば、まとめて数枚届くこともある。紙箱を切ったものや、段ボールを切ったものに描いてあったりもする。そして、それとは別に「プライド」と書き添えられたクマの絵を百枚描いてくださった。〝がんばろう〟とか〝絆〟とか、言いたくない。ただ、絵だけは描けるとおっしゃった。

震災を機に店を引越した。頂いた黒田さんの絵を展示して、野坂さんの話や東北の話をして頂くことになり、やっと数年越しの約束を果たせた。黒田さんは、店に到着するとすぐに、開店祝いですと言いながらジップロックから木片を取り出した。どちらの面にも絵が描いてある。海上を飛ぶ鳥の絵と、花の絵。これはね、東北の流された建物の木片です。何年も前の春に、冷たい海に流された木片が、はるばる熊本まで届いて、いまでは本と一緒に並んでいる。

黒田さんは、今も野坂さんと野坂さんの奥さんに絵はがきを送る。橙書店のポストにも、いまだ黒田さんの絵はがきが、ときおり届く。

水俣の猫

ずいぶんと久しぶりに水俣へ行った。少し手前の津奈木町《つなぎまち》にある美術館を訪れたのだが、あいにく臨時休館だったので水俣まで足を延ばすことにした。相思社へ行き、水俣病歴史考証館を見せてもらう。水俣病の原因を突き止める実験が行われた猫小屋。運動で使われた「怨」の旗。患者宅に届いた差別ハガキ。展示物を見ることとは、考えることを否が応にも促す。

父方の墓は、天草の手前、宇土《うと》にある。だから、墓参りが終わるといつも海水浴をした。天草は有明海と不知火《しらぬい》海、ふたつの海に挟まれているが、泳いだのは有明海だ。同じ光が降り注ぐふたつの海は、どちらも見知った景色に見えるが、同じようで違う。私にとっては、対岸に島原を望む有明海の方が近しい。湾に干潟が現れ、陽が沈んでいく。その、この世のものではないような光景を、いくど目にしたかわからない。

水俣の海岸線を走ると天草の島々が見える。今も昔も穏やかなその海で、魚が死に、魚を食べた鳥が死に、魚を食べた猫が狂い、海へと飛び込んだ。豊かな海だからこそ、たくさんの生類が死んだ。もちろん、人間も。そのことを想わずに不知火海を見ることが難しい。想わずにおれないのは、それは水俣の人たちにとって、気疎《けうと》いことかもしれない。自分も加害者のひとりであるからだ。この静かで小さな集落で起きたあまりにも大きな事件に、加担していない人などいない。そのことを学校では教えてくれなかった。学校で教えてくれるのはうわべだけだ。

ずいぶん前だが、水俣の写真を撮ってきてほしいと編集者の新井敏記《としのり》さんに頼まれたことがある。海辺や街並みを撮りながら、猫を探した。水俣を撮るなら、猫も撮らなければ。やっと一匹見つけて車を停めて近寄ったら、あっと言う間に数匹の猫に取り囲まれた。さわれるほどに人懐こい。彼らは、人間のしたことなど知らないから、恨んでなどいないようだ。知らないからこそ、頭を垂れずにはいられない。浜へ降りると、猫たちもぞろぞろとついてきた。

顔の見える人

引越したので店のハンコを作りなおした。慌ただしくしていたのでネットショップを利用しようかと思ったが、近所に印鑑屋さんがあるのを思い出して、顔が見える人に頼みたくて行ってみた。そこは繁華街のど真ん中にあるが、間口が狭くシャッターが半分閉まっていることが多い。やっているのかなと恐る恐る中に入ると、店の奥にある引き戸が少し開いて、おばあさんが顔を出した。足が悪いからこっちへと呼ばれた奥の部屋は住居のようだった。ハンコを作りたいんですけど。そう言うと、今日は他に誰もいないので、おばあさんが受け付けてくれると言う。かなりご年配だったので少し不安だったが、数日後ハンコはちゃんと出来上がった。

しばらくして、もうひとつハンコが必要になった。また訪ねてみると、今度は別の人が出てこられて、手際よく受けてくださる。顔をお見受けしたことがある気がするが思い出せない。話しているうちに印鑑屋さんがおっしゃった。猫ちゃん、元気ですか。

移転する前の店舗は路地裏にあって、通り過ぎる人たちがよく目に入った。だから、たびたび通る人は顔を覚えてしまう。閉店間際によく見かけるご家族がいた。年配のご両親を連れて散歩をするのが日課のようだった。ご家族は猫好きのようで、私が店に連れて行く猫が路地から見えるときは、立ち止まってにこにこと中をのぞいていた。私はカウンターの中にいて、彼らは扉の向こうなので、言葉を交わしたことはあまりない。でも、目が合うと笑顔で会釈をしあった。

見かけなくなってからは少し気になっていた。もう散歩ができなくなったのだろうな、と思っていた。お父さんは亡くなっていて、やはりそうであったが、お母さんは足が悪いだけでお元気だった。いつも猫を見せて頂いてありがとうございました。ハンコをお願いした帰り際、そう言ってくださった。頂きものをした気分だった。やっぱり顔と顔を合わせてお願いできるところで作ってよかったと、つくづく思った。

授かりもの

ある日、見知らぬご婦人が店を訪ねて来られた。入ってくるなり、あなたに差し上げたいものがある、とおっしゃる。さて何だろうと思ったら、出てきたのは『熊本風土記』の創刊号だった。思想史家の渡辺京二さんが一九六五年に創刊した雑誌で、のちに『苦海浄土』として発表される石牟礼道子さんの文章「海と空のあいだに」が掲載されている。

もう年だから、いつどうなるかわからないでしょう。子供に捨てられちゃうといけないから誰か、わかる人にあげたいと思っていたら、あなたのことが書いてある新聞記事を読んで差し上げたいと思ったんです、とおっしゃる。

本も嬉しかったが、お気持ちも大変嬉しく、ありがたく頂戴した。珈琲を飲んでいかれて、当時の話を少し授かる。執筆者の一人が職場の上司だったらしい。買わされたのか頂いたのか忘れちゃったんだけど、と笑って話された。帰り際、珈琲のお代はお礼とさせてくださいと言うと、それはだめ、そんなことされたら二度と来れないでしょ、きっぱりと言い、払っていかれた。それきりお会いしていない。

渡辺京二さんは、たまにふらりと珈琲を飲みにいらっしゃる。その数日後もいつものように現れたので、『熊本風土記』を見せびらかすと、懐かしいなあ、と一言おっしゃった。地方都市から発行されたわずか五十二頁のこの雑誌に、何十年経っても人の心を震わせる文章が載っている。それを書いた人と、見出した人がいる。そして、その時代よりあとに生を受けた私が、その渦中にいた人々に会うことができたという幸運を、この一冊の雑誌に出会ったことで改めて感じた。

雑誌の話は聞いているか。それから一年あまり経った頃に、渡辺さんに尋ねられた。熊本から雑誌を出そう、そうおっしゃる。とにかく編集会議に来なさいと言われ、あれよあれよと言う間に巻き込まれ、『アルテリ』という文芸誌を作る羽目になっていた。いま思えば、あのとき頂いた一冊が、リレーのバトンのような気がしている。

一瞬の光

新しい店舗は、古いビルの二階部分を借りている。部屋が向かい合わせにふたつあるので、小さい方をギャラリーにした。今は、『アルテリ』の表紙や私の新聞連載の挿絵も担当してくれた豊田直子さんの木版画を展示している。海に想いを馳せながら描かれた作品群。お客さんは、思いのほか、ゆっくりと見てくださる。眺めながら、それぞれの海を脳裏に再現しているのだろう。彼女の木版画は、海と相性がいい。派手に人目を惹くのではなく、見ているうちにじわじわと魅了され、海のように見飽きない。静かな光を浴びた海のように絵がそこにある。

存在感が強く心が持って行かれるような作品は、もちろん魅力的だ。でも、彼女の木版画のように、見ているうちに連鎖して感情が動かされるような作品の方が、個人的には好きだ。行間にこそ大切なことが埋もれている文章によく似ている。

新しい店舗に屋移りしてからこれが四度目の展示だったが、はじめて気付いたことがあった。設営中、彼女が嬉しそうに教えてくれた。

その部屋には、窓がふたつある。小さい方の窓側は日当たりが悪いので、あまり光が差し込まない。そういうものだと思っていたので、そちらの窓にはあまり注意を払っていなかった。ところが、天気のいい日の二時過ぎ、いっときそこにわずかな光が差し込む。そうすると、窓を覆っている不織布にすりガラスの模様が映り込んで、窓の部分が彼女の木版画のように見えるのだ。しかも、その窓の上に、ちょうど同じような絵がかけてある。私たちは、おまけをもらった気分で盛り上がった。その時間になると、お客さんに教えずにはいられない。ちょっと来て、得した気分になるから。そう言って、無理やり窓を見せる。きれいでしょ。木版画みたいでしょ。ただの偶然なのに、まるで自分の手柄のように話している。

彼女の展示がなかったら、微かに差し込む窓の光には気付いていないのかもしれない。だから、これは彼女の手柄に違いない。

蜂騒動

窓も開けていないのに、いつの間にか店内に蜂がいる。虻《あぶ》や蛾や蜘蛛ならば、なんてことはない。蜂もミツバチくらいならば、さほど問題ではない。でも、でかいのだ。アシナガバチかスズメバチか。とりあえず自ら出て行ってくれることを期待して、窓やドアを開けてみるが、思った通りに動いてくれるものではない。客席はいつも二、三組座っていればいいほうなのに、こんなときに限って満席に近い。お客さんが怖がっているかもと様子をうかがうが、みなさん存外落ち着いている。蜂がいるから窓ちょっと開けますね、と声をかけても動じる人はいない。みな気にせず、本を読んだりしている。

一人で来店している人が多い中で、家族連れのお客さんが一組いた。お父さんが帽子で蜂を誘導しようとしてくれている。娘さんは、危ないからやめなさいと、いさめている。お母さんも一緒に止めに入るかと思ったら、せっかくだから出してあげたいじゃない、とのんびりおっしゃる。そう、出来れば逃がしたい。危ないからだけではなく、閉じ込めたくない気持ちもある。その数日前、ギャラリーの方に虻が入ってしまい、出すことができず帰ったら、次の日には死んでいた。転がっている虻を見たときの罪悪感がよみがえる。

家族連れのお客さんは、しばらくして帰られた。お騒がせしましたと詫びると、いえいえと笑ってくださった。他のお客さんも、一人ずつ帰っていき、誰もいなくなった。いまのうち、と電気を消して窓を全開にして、蜂が休憩している大きな植木鉢を窓際に寄せる。でも、微動だにしない。

入っていいの？　常連さんが入ってきた。暗くてすみません、植木鉢のところに蜂がいるんです。そう説明すると、かぶっていた帽子を取りながら窓の方へ行かれた。そして、蜂に帽子をかぶせるようにして、すうっと窓の外へと促してくれた。ほんのつかの間のことで、手際のよさにうっとりとしてしまった。

電気をつけて、またいつもの時間が戻った。

手紙

手書きの手紙は嬉しい。以前の店舗には郵便受けがなかったので、郵便屋さんがカウンターまで運んでくれていた。郵便でーす、と置いていく。新しい場所はビルの二階なので、昼下がりに階下の郵便受けへ取りにいく。最初の頃は、わざわざ取りにいくのが新鮮だった。階段を降りて、少し外の空気を吸ってから郵便受けの扉を開く。ちょっとした気分転換にもなる。たくさんあるときは郵便物が雪崩れてくる。その中に、事務的な郵便物ではなく、明らかに手紙だとわかるものを発見すると気分があがる。手書きの手紙は、目に触れたときの印象が柔らかいからすぐわかる。

筆不精なので、自分から手紙を書くことはあまりない。それでも、もらうのは嬉しいものだ。最近では、見知らぬ人からも頂くことがある。地震の後は特に多くて、お見舞いの言葉をたくさん頂いた。遠くから来店してくださった方が、後日お礼状をくださることもある。お礼を言わなければいけないのはこちらなのだが。

先日、お会いしたこともない方から手紙を頂いた。以前、雑誌に寄稿した書評を読んだと書いてある。紹介したのは、茨木のり子の『歳月』という詩集。茨木さんは生前「Y」と書かれた箱を所有していた。Yとは、夫・三浦安信さんのイニシャル。中には、彼の死後、長い期間に渡って書かれた四十篇近い詩が入っていたそうだ。箱の中の言葉はラブレターのようなものだからと、彼女がこの世を去るまでは封印されていた。それらをまとめた詩集だ。

手紙をくださった方は、長年連れ添ったご主人を亡くされていた。

体に不自由があったのだけれど、毎日たくさんの言葉を交わす楽しい生活だったと書いてある。喪失感が強く、希望を失いかけていた、ともある。雑誌の頁をぱらぱらとめくっていたら、偶然、書評欄が目に留まり『歳月』を買いに走ったそうだ。茨木さんが残した夫へのラブレターは、彼女の心の支えになったという手紙だった。

そして、彼女の手紙は私が書くことへの支えとなっている。

それぞれの視界

テーブルの下に猫が寝そべっている。同じ場所に寝転がってみたら猫の気持ちがわかるかな。試しにやってみたら、見えるものが変わった。天板が頭のすぐ上にあって安心感がある。押し入れに入ったときと似ているけど開放感がある。椅子に座った人間の足が見える。足が急に動いたら、ちょっと怖いかも。スピーカーが近くなったから音楽も近くなった。部屋の天井は遠くなった。ここに布団を持ってきたらよく眠れるかもしれないが、起きたとき寝ぼけて頭を打つに違いない。

人間は猫の何倍も大きいから、ビルの二階ぐらいの高さの生き物から見下ろされている感じだろうに、うちの猫たちは怯えることなく足元をうろちょろする。自分たちを踏みつぶせるほどの大きさの生き物を、全面的に信頼してくれているように見える。

　私は人並より少しだけ背が高いので、本を並べるときに背が低い人にはどう見えるのか少しかがんでみることがある。数センチの差で背表紙の見え方が変わる。子供はもっと低いから、絵本などは一番下の棚に置く。どこの店でもそうだろう。車椅子に乗った人は高いところも低いところも見づらいし、店に入ることすら困難だ。雑踏の中にいる彼らに、周りの健常者たちはどう映るのだろう。私は、信頼して声をかけられる人間に見えているだろうか。

　引越す前、路面店だったとき、車椅子で店の前をよく通られる方がいた。何度か店の中をのぞくように見ていらしたので、入られますかと訊いてみたが、いいですと去っていかれた。その後もたびたび見かけたので、挨拶を交わしたり、会釈をしたりするようになったが、引越したので会えなくなってしまった。もし見かけても店は二階にあるので、入られますかと気軽に訊ねることはできない。

　想像力のなさは、知らぬうちに人に刃を向けることがある。だから、わが身に置き換えて考えてみようとするが、人の気持ちなどそう簡単にわかるものではない。想像力だけではいつでも足りない。

記憶の種

以前借りていた長屋は雨音がよく響いた。雨降りはお客さんが少ないので、たまに大きい窓からぼんやり往来を眺めていた。雨音が余計な音をかき消して、まるで無声映画を観ているようだった。暇なことを憂えるべきなのだろうが、雨漏りさえしなければ、むしろ気分がいい。そんな雨の日、仕立てのいいレインコートを着たご婦人が店に入ってきた。ブルーグレーのチェックの柄が、とても目を惹く。ざっくりと羽織っていらっしゃるが、中に着ている洋服をちっとも損なっていない。そもそもレインコートというものを、昨今見ない気がする。じろじろと見ているのを気付かれてしまったので、慌てて、素敵なレインコートですねと言った。亡くなったおばのものです、今日は雨がひどかったから。なるほど、古いものだから仕立てがいいのか。こんなに素敵なレインコートがあったら、雨の日の外出が少しだけ億劫《おっくう》でなくなるかもしれない。しかも、歩きながら、ふと亡くなったおばさんのことを想い出すに違いない。

モノは大切にされると単なるモノではなくなり誰かの記憶を宿す。だから逆に記憶を断ち切るために、モノそのものを捨ててしまうこともあるだろう。

何の種だかわからない植物の種をひとつ持っている。

少し年下の友人に、一日だけ時間をくださいと言われ、家を訪ねた。何を話したかは、あまり覚えていない。くださいと言われたので、ただ時間をあげたかった。帰り際、皿に種が並べてあるのを見つけ、彼女のお父さんは種を採取する人だったと思い出す。彼女が嬉しそうにその話をしていたことも思い出した。なぜだか無性に欲しくなり、ひとつ頂戴と言ったら、どれでもいいよと笑って答えてくれた。

すっかり痩せた彼女は、その頃、体の不調を抱えていた。でも、まさかその日が最後になるとはお互い知らずに、笑い合った。

その種を捨てなければ、彼女のことを忘れることはない。種をさわると、いつでもあの玄関へと戻ることができる。

はな子のいる風景

象のはな子は、第二次世界大戦が終わった後、昭和二十二年にタイで生まれた。そして、二十四年に日本に連れてこられ、戦争のせいで餓死をした象の花子と同じ〝はな子〟という名前を付けられた。そのはな子のいる風景を写した百六十九枚の写真、飼育日記、写真提供者たちの記憶とで紡がれた一冊の本がある。『はな子のいる風景』。写真を撮ったのは、六十年以上に渡りはな子に会いに来た、市井《しせい》の人々だ。

一九五八年八月十八日、たくさんの人の中に一人だけ着物姿のおばあさんが写っている。ばあちゃんもいつも着物だったなあ、と思いながら頁を繰る。子供たち。父と子。母と子。双子の女の子。おじいちゃんと孫……。彼らの反対側には、たとえば、父や母や娘や学校の先生なんかがいて、カメラのレンズを覗いている。一枚ずつ写真を眺め終わると、今度は写真の提供者たちの記憶を読む。誰が撮って、誰が写っていたか。当時のエピソード。彼らが失った大切なものの記憶。

父と母が交代で子供を抱き、互いを撮りあっている写真。久しぶりに帰ってきた船乗りの夫が写した母子の写真。母親は、モデルのように足がすらりとしている。大人になれずに死んでしまった弟との最後の写真。姉が弟に寄り添って、肩に手を置いている。彼らの写真の後ろには、必ずはな子がいる。古い写真では、大人も子供もおめかしをしている人が多い。子供は、頭にリボンをつけたり、タイツをはいたりして、よそいき姿だ。ハレの日だったのだろう。はな子の生涯が幸福だったのかどうかはわからないが、彼らが幸せだった日の断片として写真は存在している。もう、いないであろう、父や母や祖父母たちが、レンズにはにかんだ顔を向けている。

頁を繰りながら、私は自分のかけらを無意識に探す。動物園の食堂のカツカレーが好きだった。爬虫類館は怖いけど、見ないではいられなかった。私のアルバムには、動物園で写した写真が一枚もないが、記憶の中には確かに存在している。

雨と言葉

気持ちの良い、雨降りの一日だった。最近の雨は、たたきつけるように降ることが多いが、今日は微かな雨音をさせながら静かに降り続いた。地面はしっとりと濡れ、雨音が雑音を吸収する。

新しい店舗は窓が多い建物なので、陽の光が気持ちいい。でも、曇り空も、雨の日もそれぞれに捨てがたい。そんなことをぼんやり考えていたら、お客さんからメールがきた。新店舗から見える景色としては、雨の日がいちばんいい感じに思うけど、いかがですか。同じようなことを考えている人がいた。雨が降っても気持ちがいい場所だと思ってもらえて、何よりだ。

雨は詩と親しい。中でも、よく思い浮かべるのは八木重吉の詩だ。「雨」という詩がある。

雨のおとがきこえる　雨がふっていたのだ
あのおとのようにそっと世のためにはたらいていよう
雨があがるようにしずかに死んでゆこう

短い詩ばかりを書き残した人で、ぽつりぽつりと静かな雨音のように、言葉をはこぶ。結核を患って若くして亡くなったそうだが、五年ほどの短い詩作生活で、二千を超える詩篇を残している。その中には、雨をうたった詩もたくさんある。雨がもともとは恵みをもたらすものであるということを、思い出させてくれるような詩。雨を慈しむような詩だ。

日々を穏やかに過ごせていない自分に、雨の詩を読みながら気付いた。忙しいとか、体が不調だとか、そんなことばかり言っているよりも雨を見ているときの穏やかな心持ちを言葉にできればいいのにと思う。本屋の言うことではないが、雨そのものが詩だから、ほんとうは言葉もいらないのかもしれない。雨や空を見て穏やかな気持ちでいられたらそれだけでいいのかもしれない。

夜半を過ぎたら、いつの間にか雨はあがったようだ。雲がかかった月がうすぼんやりと光っている。昨晩は満月だったから、一日分欠けた月。雨のおかげで、いつになく心静かに過ごせた一日だった。

流れる水のように

熊本は川が多い気がします、と遠方から訪ねて来た人が言っていた。よそに住んだことがないから実際どうなのかわからないが、たしかに川とは近しい。子供の頃は、八景水谷《はけのみや》公園でよく遊んだ。水源のある公園で、そこの周囲を流れる小川にうごめく生きものたちと、遊んだ。高校生の頃は、坪井川を眺めながら自転車で通学した。川沿いに馬がつないである場所があったが、今はもう馬はいない。店へは、白川に架かる大きな橋を渡って通勤している。そういえば、毎日のように川を越えている。

ずっと水の流れを身近に感じて過ごしてきたからか、水の音がすると落ち着く。天井をたたく雨音。川のせせらぎ。寄せる波、引く波のくだける音。車窓を流れる雨のしずくの無音の音。

今日は雨が降っているが、しとしとと降っているので、店内の音楽にかき消されて雨音はあまりしない。でも、ときおり走る車の音で、路面が濡れていることがわかる。

雨や雪が川に流れ、あるいは地表に浸み込み地下水となり、川底から湧きだし、それもまた川に流れる。いま降っている雨もめぐりめぐって、また、どこかの川で流れる。その循環を享受しているありがたさを感じながら、その循環すら邪魔してしまう人間の一人であることをうしろめたく思う。もちろん、水の流れる音の気持ちよさに、ただただ身をゆだねているだけのことのほうが多いけれど。

会社員をしていた二十代の頃の同僚が、私の新聞連載の記事を見つけて、思いがけずメールをくれたことがあった。互いに会社を辞めたあとは、数える程しか会ったことがないから驚いた。メールには、こんな文章を書く人だとは知らなかった、と書いてある。水のような文章だとほめてくれた。水のような、と言われたことがとても嬉しかった。意識したことはなかったが、そうなのかもしれない。川を眺めて過ごしてきたからかどうかはわからないけど、流れる水のような文章を書きたいのかもしれない。

おかえり

ずっと地元に住んでいるので帰省の経験がなくて迎えるばかりだ。店も長く続けていると帰省のお客さんが増える。結婚したり就職したり、転勤したりといろんな事情で転居した人たちが、帰省のたびに寄ってくれる。その中には、結婚して子供ができて、会うたび家族が増えていく人もいる。お客さんや元スタッフ、帰省組が居合わせるとまるで親戚の集まりのようだ。ただいま、おかえりと賑々《にぎにぎ》しい。巣立った子供たちを迎える親は、こんな気分だろうかとふと思ったりもする。

もとから年に一度だけのお客さん、という人もいる。他県に住んでいて、帰省のたびに寄ってくれるようになった。逆もある。実家から遠く離れて熊本に暮らしている人たちが、帰省の時期には地元へと帰っていく。それぞれの懐かしい場所へと帰る。きっと、私が目にしているような光景が、そここで繰り広げられているはずだ。実家で、おなじみの店で、近所の商店街で。そして、彼らが熊本に戻ってくるとまた、私はおかえりと出迎える。

東京から熊本へ移り住んだお客さんがいる。そのお客さんが、しばらく東京に帰っていて熊本に戻ってきた日に、閉店間際にギターを二本も抱えて大荷物で現れた。戻った足でそのまま来たという。家族が待ってるのにこんなところに来てないで早く帰りなよ、と言うと、変わりないかなーと思って、と言う。寄るでもなく、顔だけ見せて家へと帰っていった。帰る前にひと呼吸おきたかったのだろうか。

帰省をしている間は、みなさん滞在中に自分の馴染みの場所をひと通り廻るようだ。あちらの自分とこちらの自分、きっと誰もが、それぞれの場所でちょっとずつ違うのだろう。馴染みの場所を確認して、こちらの自分を取り戻す。どちらが本当というわけではない。ちょっと違うというだけのことだ。帰省する人々を見るたびに、私は少しだけうらやましくなる。田舎というものを持ったことがないので、おかえりなさいと迎えられることにあこがれている。

ナミイおばあ

ナミイおばあが亡くなったと、人づてに聞いた。おばあは、九歳で身売りされた沖縄最後のお座敷芸者。おばあには二度しか会ったことがない。最初は、店で唄会をしたときで、作家の姜信子さんが連れてきた。会が終わって打ち上げをしていると、おばあが笑ってこう言った。あたしは器量が悪かったから、器量良しの子より安い値段で売られた。でも、そのおかげで三線も覚えて、今でもこうして唄える。もうやがて九十歳になるのに、夜中過ぎまで酔っ払いたちに付き合ってくれた。カチャーシーが上手にできない、おばあ教えて。そう言うと、足が悪くて立って踊れないからねえ、と悔しそうに言う。手だけで十分だよ、教えて、とおねだりをしたら、座ったまま踊ってくれた。

二度目は、おばあが熊本で結婚式に出席した日。姜さんも出席していて、式の後みんなで店に流れてきた。おばあ、ここ覚えてる？　この人が、ここの女将。姜さんが私を指してそう尋ねると、なんか来たことある、と言う。おばあはね、良くしてもらった場所のことは覚えてるんだよ、そう言って姜さんが笑っていた。

唄会のときの写真が店の引越の準備をしていたら出てきた。チャーミングに笑うおばあを大勢の人が囲んでいる。打ち上げにこんなに人が残ることは珍しかった。おばあのおかげで沖縄の宴のような夜だったのだろう。もうひとつ出てきたものがある。カタカナの文字が添えられたCD。おばあは演目の歌詞を全部チラシの裏に書くんだよ、でも、九歳で身売りされたからカタカナしか書けなくて、全部カタカナ。姜さんがそう言いながら見せてくれたチラシに書かれた文字と同じ力強い文字を見て、唄会の記憶がよみがえった。

今でも、カチャーシーが上手にできない。おばあが亡くなる直前に沖縄へ会いに行ったお客さんが、お土産にゴーヤをくれた。きっと、沖縄の土を踏んでおばあの唄を聴かなければいけなかったのだと、店の糠床にゴーヤを入れながら思った。

空き地の思い出

子供の頃はよく空き地で遊んでいた。背丈が隠れるほどの草むらを、オナモミの実が洋服にくっついているのも気付かずに走りまわった。背中にばかがついてる。友達同士ではやし立てたが、オナモミの実の呼び名は地方によって違うのだろうか。空き地以外でも、れんげ畑で蜜を吸い花冠を作ったり、私有地だと知らずに近所の樹木園に勝手に入り込んでグミの実を食べたりしていた。

学校の裏手の空き地は、危険だから遊んではいけないと言われていた。そう言われれば、余計に行きたくなるものだ。洞窟まがいの場所があって入って遊んでいたのだが、ある日、その天井が落ちてきて友達の一人が骨折し、怒られて出入り禁止になってしまった。そこも今では建物が建っている。記憶の中の空き地は、もうどこだったのかもわからない。

最近あまり見かけなくなったと思っていた空き地が、ここ数か月で急激に増えている。地震で被害にあった建物の解体が進んでいるからだ。ここは何があったっけ。毎日通る場所でも、わからないことがある。解かれてしまうと、こんなに狭かったのかと思う場所もある。解体が始まるとあっという間で、砂のお城が海水に流されるように、忽然と姿を消す。でも、空き地である期間も短くて、次の建物がまたどんどん作られていく。街が変化していくのは世の常だが、早回しされているようで、なかなか馴染めない。

そうは言っても、自分の店も地震を機に移転してしまった。元の場所は解体こそされていないが、店内が部分的に解かれ、まったく別の空間になっている。何があったか思い出せない人も、きっといるに違いない。

古い長屋からビルの二階に移転したので、外観の面影はまったくない。でも、見知らぬ場所にはしたくなかった。大切なものはすべて持っていくつもりで作った。モノも、言葉も、気持ちも、空気も。常連さんは、何年も前からここにあるみたいと言ってくださる。

どうやら、変わらず馴染みの場所であるようだ。

白黒ブラザーズ

猫の柄はいろいろだが、白黒がいちばん好きだ。でも、猫は選ぶのではなくて、縁あって来るものだとよく言われる。だから、うちには白黒の猫が来ることはないのだろうと思っていた。

ある日、白黒の子猫が家の前で車に轢かれていた。まだ息があったから動物病院に連れて行き、そのまま入院となった。体力が戻ったら足は切断すると言われたので、里親は探さず自分で面倒を見ようと覚悟していたが、病院でそのまま息を引き取ってしまった。見つけたとき、ぼろぼろだったのに必死で逃げようとした姿が忘れられない。

それからしばらくして、また白黒の子猫を拾ってしまった。今度は元気そうだ。念のために病院にも連れて行ったが特に問題はなく、翌日は一緒に店に出勤した。ところが、ひとり遊びしていると思っていたら、急に足がぐにゃぐにゃともつれ、うずくまってしまった。わけがわからずまた病院に連れていったら、虫がいるかもしれないと診断された。小さいうえに弱っているから、いまできることはない、体力が持ち直せばなんとか……と言われ、店へ連れ帰った。でも、その日のうちに膝の上で死んでしまった。前の店舗は、喫茶スペースの奥に二階へ上がる階段があった。その階段の上がり口に座り、少しずつ冷たくなっていく体をさすった。どちらも、まだ書店を営んでいなかった頃のことだ。

　白黒には縁がないのかと思っていたが、そうではなかったようだ。数年前に、家の雌猫を立て続けに二匹亡くした。どちらの猫もいなくなった翌々日、近くで子猫の鳴き声がする。見てはだめだと自分に言い聞かせていたが、一時間経っても鳴いている。我慢ができずに見に行くと、よりによって私の車の下にいる。白黒だった。しかも一匹だと思ったのに、ちょろちょろと二匹出て来た。補充したいわけじゃないんだから……。結局拾ってしまった。白黒だから元気に育つか心配していたら、甘やかしすぎて、二匹とも八キロを超える大猫になってしまった。

くまモンの芝生

一年前くらいに家を引越した。新しい住まいの周りは同じような建物の集合住宅が密集しているが、すぐ近くに公園があるおかげで無機質な感じはしない。人の気配がある。公園からは子供の声がしばしば聞こえる。夜はウォーキングをしている人がいるし、歌いながら公園の広場をぐるぐる歩く人もいる。座り込んで電話をしている高校生も見かける。家ではかけにくい電話もあるだろうし、いつまで電話してるの、とか言われたりするのだろう。公園の遊具はなかなか楽しい。登りやすそうな木も何本かある。夜に酔っぱらって通りかかったときに、ジャングルジムをくぐったり、すべったりして遊んでみたから知っている。

もうすぐ大型台風が来るらしいと聞いて、そういえば、台風の季節にここに引越したということを思い出した。引越してすぐ、かなり大型の台風が直撃するという予報が出たので、店は閉めることにして終日家にいた。思ったほどひどい台風ではなかったので、たまにベランダからぼんやりと外を眺めて過ごした。休日なのに、台風だから公園には誰もいない。青々とした芝生をさわさわと風だけが走る。まるで、風が見えるようだった。夕方には台風が通り過ぎ、家に閉じ込められた子供たちが続々と公園に飛び出して、あっという間に普段の休日の光景となった。

その公園は遊具のある場所と芝生の広場に分かれているのだが、ある日、広場に突如としてくまモンが出現した。芝生がくまモンの形に刈られていたのだ。これは一体誰のためなんだろう。空撮でもするのだろうか。ジャングルジムに登れば、もしかしたら、くまモンが見えるのかもしれないが。

このままくまモンがいたら、去年みたいな風が吹いても、あんなにきれいに芝生はそよがないと思うと残念だ。なんでもかんでも、くまモンにしなくていいのにな。でも、ぽつぽつと芝が生えてきたら、夏が終わるように消えていくに違いない。ひと夏くらいいてもいいかと思い直した。

わんこぶどう

夏の終わり、ぶどうが次から次へとやってきた。どれも到来物だ。最初にもらったのは、農業高校の生徒たちが作ったぶどう。最近は甘いばかりの果物が流行っているが、しっかりと酸味もあって、とても美味しかった。そこで先生をされているお客さんが持ってきてくださった。食べ終わった頃、またもやぶどうがきた。いつも美味しいものを持ってきてくれるお客さんがにこにこして、食べてね、と渡してくださった袋には、なぜかぶどうの隙間にパッションフルーツが入っている。美肌にはこれがいちばん、と売り場のおじさんに力説されて、勢いに負けて買ってしまったらしい。両方とも美味しく頂いて、もうなくなるという頃に、今度は宅配便で山梨のぶどうが送られてきた。堂々とした〝甲州本場〟という文字と、富士山の絵が段ボール箱に書いてある。知り合いが作っているからと友達が送ってくれた。

食べ終わると、次のぶどう。また、次のぶどう。まるで、わんこぶどうだな。なんだか、見張られているのかと思うぐらい都合よく、食べ終わったタイミングで次のぶどうがやってくる。旬の食べものを切らさないとは、ありがたいことだ。山梨のぶどうは、一粒が口に入らないくらい大きかった。あまりに大きいから、いちばん大きい粒を測ってみたら、四センチもあった。カウンターでお客さんに振る舞っていると、種あるんでしょ、と訊く人がいる。どうやら、種があると面倒で食べたくないらしい。入っていることもあるけど、ほとんど種無しです。そう言うと、じゃあ食べようかな、と口にした。すぐさま、めちゃくちゃおいしいやん、このぶどう、とおっしゃる。だから、そう言ってるじゃないですか、みんなから一斉につっこまれた。

誰かと美味しいと言いながら食べると、より美味しい。だから、みなさん届けてくれるのかもしれない。美味しいものを見つけたときに思い出してもらえたんだなと思うと、それを食べた瞬間より、さらにうれしい。

⁂

十周年のケーキ

映画館が近いので、観たあとに寄るというお客さんが結構多い。そのうちのおひとりで、きれいな白髪が印象的なご婦人がいらっしゃる。しばらく見かけなかったあと、久しぶりに来店されてこうおっしゃった。悲しい映画を観たときは、ここでひと息入れると安心して帰れます。胸がいっぱいですぐには帰れないから。お店をはじめて何年になる？

開店記念日はまだ何か月も先だったが、ちょうど十周年だった。記念日は何月何日なのかとしきりにお尋ねになり、手帳に書き込んで帰られた。

十周年記念のライブを開店記念日の数日後に予定していたので、当日は普段通りの営業をしていた。ちらほらとお祝いの言葉を頂きながらいつものように過ごしていると、夕方、開店日をお尋ねになったご婦人から電話がかかってきた。お店は何時までですか、ケーキを持って行きたいのだけど、来るると言っていた弟がなかなか来なくて出かけられない、とおっしゃる。ご自宅の場所を尋ねると、思いのほか遠い。遅い時間に外出して頂くのは申し訳ないので無理しないでくださいと言うが、もうケーキを予約してあるからとおっしゃった。

その方は、夜道をいそぎ、閉店時間の少し前に、ケーキをたずさえて到着された。生クリームたっぷりのフルーツが載ったケーキ。開店10周年、と書いてある。私を驚かそうと記念日にあわせて帰省していた元スタッフや、残っていたお客さんたちと一緒にろうそくを十本立てる。店を続けられますように、とろうそくを吹き消した。

十年、よおがんばんなさったねえ。わたしはきつかったときに、あの白いテーブルでいつもほっとできた。だから、今日はケーキを持って来たかったんです、ありがとう。

みんなで美味しく頂いていると、その方はしみじみそう言ってくださった。ケーキだけではなく、お守りのような言葉も頂いた。目じりの下がった柔らかな笑顔とともに、その言葉をときおり思い出す。そうすれば、いつも、もう少しがんばれそうな気になる。

ガタンゴトン

駐車場がやたらと増えた。空き地になっていたところには、真新しいビルが突然できている。かと思えば、久しぶりの場所を通り、ビルとビルの間がぽつねんと空き地になっているのを発見する。地震から二年経っても街は落ち着かない。方向音痴だから、目印を見失って道に迷いそうだ。この間、繁華街にあるドン・キホーテに行き、買い物を終えて歩き始めたら、帰り道と逆方向に向かって歩いていることに途中で気が付いた。通算すると、人生で二十年以上その辺りで働いていたのにと、我ながらあきれた。

好きだった古い建物は、次から次へと取壊しになっていく。危険だと言われれば、しょうがないかと思う。人が生きて死んでいくように街も再生を繰り返すから、変化は受け入れるしかない。でも、残念だと思わずにもいられない。壊さなくてすむ建物もあったかもしれないと、つい思ってしまう。

変わらないものもある。大正時代から走っている路面電車、熊本市電は、いまもガタンゴトンと走っている。車体は随分と変化したが、音はあまり変わらない気がする。ブレーキを踏む音や、カーブを曲がるときの音。もしかしたら、電車が走っているおかげで街の顔が極端に変わらないのかもしれない。

市電とは別に、通称、菊池電車と呼ばれる私鉄電車もある。高校生のとき、菊池電車に乗って同級生たちと菊池渓谷へ遊びに行った。途中からバスに乗り換えたはずだ。その帰り道、電車にカミナリが落ちた。渓谷で雨が降った記憶はない。夏休みのことだから、きっと、夕立だったに違いない。避雷器が取り付けてあるから電車も私たちも無事なのだが、点検か何かしなければいけなかったのだろう。しばらく停車することになった。電車を降りて、付近にはとくにこれと言って何もない線路沿いで、ぼんやりと過ごした。十分くらいだったろうか。なぜか、いまでも、その時間のことをたまに考える。

なんだか気持ちよかったなと、あの余白の時間を思い出す。

奪われた風景

熊本城には、さほど思い入れはなかった。行くこともめったにない。街なかを通れば目の端に見えるもので、見慣れた風景の一部でしかなかった。壊れてからの方が存在を意識している。瓦が落ちた後、天守閣の屋根に鳥が種子を運んできて雑草が生えていた。落城したようだと嘆く人もいたが、それが悲しいとは思わない。むしろ、人間が右往左往しても、自然の営みが淡々と行われていることに安堵した。

近所の木蓮や金木犀、一本の木でさえも、いつも見ていれば愛着がわく。城もそういうものかもしれない。もしくは城そのものより、お堀に咲く桜や銀杏を大事に思っているのかもしれない。長塀の脇を流れる坪井川とともにあるし、通りゆく市電とともに、風景としてある。

この間、地震後初めて阿蘇神社に行った。復旧作業中で雑然としており、神殿は修理中で、全壊していた楼門と拝殿は解体が済んでいた。パワースポットや神社仏閣にさほど興味はないのだが、そこに在ったものが壊れた姿というのは、とくに親しんだものでなくとも心が痛む。そこにあることが日常だった人には、なおさらだろう。

地震で壊れた阿蘇大橋跡には、わりとすぐに行った。橋があった場所は、見るも無残な場所となっていた。そういうとき、言葉は出てこない。その橋を何度渡ったかわからない。橋を渡るときは、温泉に行ったり、桜や紅葉を見に行ったり、いつだって風景を楽しんでいたことを思いだし、変わることの残酷さをまざまざと目に焼き付けた。

津波に襲われた町と、その後に建てられた十メートルを超える巨大防波堤のことを考える。海のすぐそばに居ながら、壁にはめ込まれたアクリル板から海を覗くのはどんな気持ちかと考える。

風景はいつだって変化するものだが、ゆるやかに変化する場合は奪われたと感じない。でも、村がいっぺんにダムの底に沈められたり、美しい海が埋め立てられたりしていくさまを見るのは、こころをも一緒に奪うに違いない。

彼岸花

夏が終わると彼岸花が咲き始める。前に住んでいた借家には猫の額のような庭があったが、狭いながらも高低差をつけて南天や梅の木が植えてあり、なかなか風情があった。庭木の隙間には、秋のはじまりとともに彼岸花がいくつも咲いた。花をつけるまではすっかり存在を忘れているのだが、ある日、真っ赤な色が目に留まる。毒があるとか、お墓に咲くからとか言って嫌う人もいるが、咲くのはいつも楽しみだった。枝も葉も節もなく、花茎だけが地上にすっくと伸びている独特の佇まいには、目を惹きつけられた。花が落ちると葉が出るらしいが、その頃にはまた彼岸花の存在を忘れてしまっている。

この間、お客さんに白い彼岸花をもらった。それで、白いのは咲かなくて赤ばっかりだったなと、前の家の庭のことを思い出した。彼岸花のあと、今度はおはぎをもらった。近所にあった老舗の「四ッ目饅頭」という和菓子屋さんが数年前に閉店して寂しい思いをしていたのだが、三年半経って再開することになった。そこのおはぎをお客さんから頂いたのだ。新しいお店は遠く、おまけに定休日がかぶっているのでなかなか買いに行けない。それをご存じで、買ってきてくださった。おはぎとぼたもちはどう違うのかと思って調べたら、春には牡丹、秋には萩に見立てたから、そう呼ばれているらしい。頂いたおはぎは、牡丹よりは萩のように、小ぶりで上品な味だった。

ふだん、親戚付き合いもあまりなく、先祖のこともよく知らずに暮らしている。でも、頂きもののおはぎや、彼岸花という花の名前が、近しい死者のことをひょっこり連れてくる。あちら側がどういう場所なのか、場所ですらないのかわからないが、元気でいるかと尋ねてみる。死んでいるものにそう訊くのもおかしなことだが、私の中には存在しているから、そう尋ねる。私が死んだら、そのときはじめて、死者もともに死ぬのだろう。もしくは、私とともに誰かの中に生かしてもらえるのかもしれない。

ラフロイグと本棚

画家の牧野伊三夫さんが遊びに来た。仕事仲間や奥さまも一緒だ。

電話やメールでしかやりとりをしていなかった牧野さんと、その日初めてお会いしたのだが、共通の知人や友人から話を聞いていたのでよく知っている人のような気になっていた。だから、普段は人見知りで自分からはあまり話しかけないのに、牧野さんの本の中にラフロイグのウィスキーが出てきたから飲みたくなって買いました、などと平気で話しかけた。それから話がはずみ、美味しいウィスキーの飲み方を教えましょうと作ってくださったり、本の話をしたりして、楽しい時間を過ごした。

お客さんがサインをもらっているのに便乗して『僕は、太陽をのむ』という画文集に私も書いてもらったら、署名の横に英文字が添えてある。

なぜこの言葉だろうと思っていると、その本に載っている絵のタイトルだと教えてくださった。絵に添えてある文章を読んでさらに合点がいった。絵のタイトルは牧野さんが訪ねたスコットランドのアイラ島にあるラフロイグ蒸溜所で働く男が語った言葉だと書いてある。彼らが、自分たちの作る酒のことを言っている。大好きだと言われるか、ひどい味だと言われるかのどちらかだ。この言葉を聞いた牧野さんは、自分の絵もそうでありたいものだと感動し、夜な夜なラフロイグをのみ、この言葉を想いだしてその木版画を作ったそうだ。いつの日か署名の横の英文字を見て、このひとときを思い出すことだろう。

好きか嫌いかどちらか。それは、うちの店の本棚も同じだ。どの本も欲しくなる、と言う人もいれば、居たたまれない感じで眺めまわして、そそくさと帰る人もいる。牧野さんのように堂々とそうありたいとは言えないが、そうでいいやと小声で言うことはできる。誰にでもひらけている本屋の存在も大切だが、自分ではできない。扉を開けて入ってくる幾人かの心にはきちんと響いてほしい、ただそう思って本を並べている。

避難所

お客さんの涙を見ることがまれにある。よく知っている人であったり、名前すら知らない人であったりする。店の引き戸を開けて入ってきた途端、わーんと泣き出したお客さんもいた。カウンターに座りコーラフロートを飲んで、ほかのお客さんと話して落ち着くと、たいしたことではなかったと笑っていた。

ある日、思いつめた表情でお客さんが入ってきて、話しながら泣き出した。泣く理由は聞く前から想像がついた。少し前に、私も知っている彼女の同級生が自ら死を選んでいた。亡くなった詳しい事情は知らないが、それが周囲の人間にとって、こたえる出来事だということはわかる。自分にも同じような経験があるから、わかる。彼女が来たのは会社の休憩時間中だった。普通の顔をして働いていたのだろう。むろん食欲などない。泣くためだけに店に来た。

また別のお客さんから、人は自死を選択してはいけないのかと尋ねられたことがある。だめに決まってるじゃない、とその場では言った。しかし、だめだとかいいとか、そういうことではない。誰にもしてほしくないのだ。作家の坂口恭平は鬱のときに死にたいと思うことがあるという。でも、死なずに、同じくそう思うことがある人からの電話を日々受けている。店にいるときにかかってくる場合もあるから、その様子をたまに目にしている。彼は自分が不調なときは出られないのだが、元気なときは、わけ隔てなく電話を受け言葉をかける。大丈夫だよと。

近しい人で、近親者の自死をいくどか経験した人もいる。その経験は確実に彼の何かを変えただろう。その経験の痕跡は残っているが、彼はそれとうまく付き合う術《すべ》を少しずつ身に付けていった。そして、自死遺族を支援したいと言っている。死というものは、ほうっておいても誰のところにもいずれやってくるので、引き寄せないでほしい。誰ひとり動揺させることのない死などないと思っている。

それぞれの避難所を見つけてほしいと願っている。

失われた声

車の窓を雨が打つ。台風が来ているから雨が降っている。どしゃ降りではなく、風も少しはあるがまだ吹き荒れるという感じではない。赤信号で止まっていると、フロントガラスの雨つぶに目がいく。最初は、ぽつりぽつりと小さな水玉ができる。目に涙があふれるように輪郭がくずれ、雨だれとなって落ちていくところをワイパーにかすめとられる。見ていると目が離せなくなるが、信号が変わると見続けるわけにもいかない。この雨だれを見ているときの気持ちを言葉で人に伝えることなんてできるだろうかと、ふと考える。言葉を探すまでもなくできないな、とワイパーで雨を流すように考えを打ち消す。

車の中では、黒岩あすかが「海」という歌を奏でている。カーステレオから流れる彼女の声は、音を大きくしないと雨音にかき消されてしまいそうだ。つぶやきでもなく、ささやきでもなく、音そのものであるように彼女は歌う。声を張ることはなく、どちらかと言うと消え入りそうなその声は、それどころか、聴くうちにどんどん存在を増してくる。誰にも似ていない声で伝えてくる。

音楽を聴いていると、それが知らない言語でも、歌詞が聞き取れなくても、気持ちが動くことがある。リズムや旋律は、言葉より雄弁だ。もしかしたら、言葉を使うようになって感情を伝える力は退化したのかもしれない。少し前に『声めぐり』という本を読んでいた。著者の齋藤陽道《はるみち》さんは写真家だが、この本は写真集ではない。聴覚障害者である齋藤さんが〝声めぐりの旅へと踏み出す一歩を支えてくれた現象〟について書いたという。その本にこう書いてあった。

聾《ろう》する者は、ひとつのふるまいや自然現象といった、ことばなき沈黙のなかで閃めいているものを「声」として聴く能力をもっている存在なのではないか。

彼らが持っているこの力は、私たちすべてが持っていて、言葉と引き換えに失ってしまったものなのかもしれない。

ジャンプ

家に四匹いる猫は、みんな私に飛びつく。初代猫ミイのせいだ。ミイは人間の手のひらくらいの大きさのときにアパートの前に捨てられていた。拾ったときは猫のことを何も知らなかったので、ものすごく甘やかしていたら女王様のようになってしまい、動物病院では「ミイさま」と呼ばれていた。

ミイは出かけようとするたびに飛びついてきた。行くな、と飛びつく。降ろした瞬間、また飛びつく。ミイと同じく二匹目の猫も雌猫で、チミイと名付けた。ミイが飛びつく姿を羨ましそうに見上げていたが、そのうちチミイも飛びつき始めた。この二匹はもう死んでしまったが、飛びつくことは代々受け継がれている。

人間もそうかもしれないが、雌より雄の方が甘えん坊だ。いま家にいる猫はみんな雄だが、甘え方が雌と全然違う。雌猫は、あたしが甘えたいとき以外はほっといて、という感じにふるまう。それに比べて雄猫は、四六時中かまってほしがる。洗いものをしていると背中に飛びつき、着替えている最中でも膝に乗ろうとする。風呂上りで素っ裸なのに飛びつかれようとしたときは、さすがによけた。冬の間は布団に入ってきて、いつの間にか腕枕をさせられている。

最近は、途切れることのない些末な雑事に追われてゆっくりする時間があまりとれない。家にいても仕事をしているので、猫たちの欲求不満をひしひしと感じる。隙あらば、飛びつこうと狙っている。

喘息が悪化した時期があった。咳のしすぎで脇腹が痛くなってきた頃、猫が立て続けに二度背中に飛びついた。フジタという名の猫で、八キロ超えの巨漢だ。翌朝起きたら、息をするたびに激痛がする。咳であばらが折れるっていうけど、ほんとに折れるのか。でも、とどめを刺したのはフジタに違いない。

飛びつかなくなるよりはいい。じいさん猫のチャチャオは、若い頃は私の胸あたりまでジャンプしていたのに、今では飛ぼうと見上げても前足を伸ばすだけであきらめてしまう。いつの間にか、年をとっている。

恋文

恋文は誰にも見られたくない。でも、人様の書いた恋文は見たくなるから勝手なものだ。もちろん覗き見たりはしないが、世の中には書簡集というものがあるのだ。二人の思想家ハイデガーとアーレントの、半世紀にわたる往復書簡。内田百閒が、のちに妻となる親友の妹に宛てて綴った五十通の恋文。夫のいるミレナへ、ほぼ毎日あるいは日に数通の手紙を書き送るフランツ・カフカ。

そういえば、お客さんがこう言っていたことがある。恋愛のはじめは、みんなちょっとどうかしてますよね。世の恋文は、どうかしている状態で書かれているのだろう。カフカは、相手の返事を待たずに次の手紙を書いている。三十五歳の既婚者であるハイデガーは、十八歳のアーレントに一目ぼれして、

「どうしても今晩のうちに出かけていって、あなたの心に語りかけずにはいられません」と書いている。やっぱりどうかしている。

　いちばん忘れられないのは、『向田邦子の恋文』。向田さんとカメラマンのN氏が送りあった手紙と、N氏の日記、向田さんの妹・和子さんのエッセイで構成されている本だ。その恋は秘め事だった。N氏は、脳卒中で倒れ足が不自由になった妻子ある男。彼女はホテルにカンヅメになるほど仕事が忙しくなっていたにもかかわらず、寸暇を惜しんで彼の元へと走る。N氏の日記でそうとわかる。邦子さんが来た時間、帰った時間、抱えてきた食材……簡単な記述の中に、ときおり邦子さんをいたわる言葉が並ぶ。やつれがひどい、身体を大切にしてほしい、ふっと可愛想《かわいそう》になったりする、などと。彼女のほうは、N氏をいたわり楽しませるために、手紙で甘えたりおどけてみせたりする。N氏は最後の日記の翌日、自ら死を選ぶ。読んでよかったのだろうかと思う反面、彼らの恋がなかったことにならないために、読んでほしい本だとも思う。

　私には人に見せても平気な恋文が一通ある。小さなお客さんがくれた手紙。お母さんの代筆で、ひさこさんだいすき、と書いてあった。

葉っぱの贈り物

あと少しで紅葉《こうよう》がきれいな季節だなと思っていたら、店の窓から見えるモミジバフウが少し色づいていた。駐車場から店へと歩いていると、ちらほらと黄色い葉っぱが落ちている。今年もあっという間に暮れていく。年末年始のお休みはどうなっていますかと、帰省で立ち寄るお客さんから問合せが入りはじめた。帰省ラッシュを避けて帰ってくる人もいるが、やはり暮れに帰ってくる人が多い。

遠く北海道に住むお客さん夫婦がいる。正月は会えるだろうか、と思っていたら彼らから荷物が届いた。いちばん上に外国語のゴシップ紙がかぶせてあり、きれいなおしりを見せびらかしているお姉さんの写真が載っていた。紙面をひらくと、予想外に葉っぱが挟まっている。真っ赤、黄色、茶色、まさに紅葉といったモミジ。とりどりの葉っぱが出て来た。その下に、イギリス土産。中に入っていた手紙を見ると、北大で拾った葉っぱです、と書いてある。窓の向こうの、まだほとんど緑の中にちらりとのぞく黄色を眺めながら、北と南の土地の違いを想う。寒いのだろうなあ、北海道は。少し前にあった北海道の大きな地震のことを思い出す。停電が長かった。長く灯が途絶えた町で過ごすのは心細いことだったろう。お元気だろうかと、北海道に住む別の知人の顔も浮かぶ。遠く離れた町にも親しい人がいることは、嬉しくはあるが、心配事が増えるということでもある。

葉っぱをカウンターに置いていると、お客さんがいぶかしげに見る。まだどこもあんまり紅葉してないのに、ずいぶん赤いね。北海道からの荷物に入っていたと言うとすぐに合点《がてん》がいったようで、なんと風情のある、と感心される。みんなで、入っていたお菓子を食べながら、光に透かしてみたりして葉っぱを眺めた。一枚だけ、何の葉っぱかわからないものがある。葉の先端はヒイラギのように尖っていて、茶色に色づいている。しかし誰もわかる人がいない。北海道からお客さんが帰ってきたら、何の葉っぱか尋ねてみよう。

思い出せること

あまり信じてもらえないが人見知りだ。友人からは、接客業向いてないよね、とよく言われる。愛想笑いができないし、考えていることが顔に出る。しかも、映像記憶力が弱く人の顔を覚えるのが苦手だから、なおさら向いていない。記憶を辿ると、映像はあやふやで、そのときの気分や耳にした言葉のほうが思い出しやすい。顔だけでなく、会った人がどんな服を着ていたか、眼鏡をかけていたかどうかなども、あまり思い出せない。

梯久美子さんが島尾ミホについて書いた評伝『狂うひと』を読んでいたら、「見る」ことについて書かれた文章があった。ミホは幼い頃、養母にあらゆることをよく見るように教えられたという。心をこめて見れば、見たものが自分の中に入ってくる、と。見たものを鮮明に記憶し、忘れることがないという特性を持つ人になった彼女は、大人になり、狂気を体の中に入れてしまうことにもなるのだが。

心を込めて見れば、私も人の顔を覚えられるのだろうか。でも、人見知りだから、初対面の人の顔をまじまじと見ることができない。

ある日、二人組のお客さんが入ってきた。知らない人だと思ったら、それぞれに私とは小学校と高校の同級生だったという。誰だかわかる？　と訊かれたが、どちらもさっぱり思い出せない。彼女たちは東京で偶然知り合い、雑誌で店のことを知り、それぞれが別々の時期に私と同級生だったということがわかったらしい。話していたら、だんだん記憶がたぐりよせられてきた。弟がいたよね。絵画教室に行ってたでしょ。遊んでて池に落ちたよね。もらった鉛筆立て、まだ実家にあるよ。思い出しても、相変わらず映像はぼんやりだが、記憶の引き出しは開いたようだ。

もういまさら、見ることが得意になるとは思えないが、言葉にまつわる記憶は増えていくのだろう。こんなに本に囲まれているのだから。この本の真ん中の頁あたりにこう書いてあった気がする、そういう記憶。でも、これもやっぱりあやふやだ。

こっち向いて

不機嫌な子供だった気がする。あまのじゃくで、大人の望むとおりにできない。年子で弟が生まれたのであまり構ってもらえなくて、甘えることも上手にできなかった。だから、不機嫌でもわがままは言わなかったはずだ。何を訴えていたのかは忘れたが、弟が路上で駄々をこねて寝っ転がり、頭を軽く切ったことをよく覚えている。羨ましかったのかもしれない。あんなふうにわがままを言うことは、言わないよりずっと難しいと思って見ていたのだろう。

子供の頃の写真はそもそもあまりないのだが、中でも笑っている写真は少ない。写真を撮られるのが昔から苦手で、幼い頃はカメラを構えられると、背を向けたり怒ったりしていた。こっち向いて。やだ。その声が聞こえるような、背中向きでしゃがんで写っている写真がある。

この間、集合写真を撮られる羽目になったのだが、カメラマンの人から注意を受けた。後列の女性の方、少し笑って頂けませんか。相変わらず、レンズに向けてしかめっ面をしていたようだ。だから、自分の写真を見るのは好きではない。だいたいひきつった笑顔をレンズに向けている。苦手でも、ごくまれに自然と笑えている写真もある。嬉しさが撮られているという緊張に勝っているとき、もしくは近しい人に撮ってもらっているとき。誰でもそうだろうが、心を開いている相手には撮られても緊張しない。

自分の七五三の写真では、珍しく笑っている。ちょっと恥ずかしそうに、すまして笑っている。着物を着て、きれいな髪飾りを付けてもらったことが嬉しかったのだろう。

父が亡くなるまで住んでいた団地の部屋には、この写真が飾ってあった。両親とは中学校の途中までしか一緒に暮らしていないから、私の写真はほとんど持っていなかったはずだ。笑っている写真はこれしかなかったのだろう。たまに会っても、父には相変わらず不機嫌そうな顔を向けていた。父はせめて写真では、私の笑った顔を見たかったのかもしれない。

お菓子

黒棒、梅鉢、鯛あられ、甘納豆……。

お菓子が入っとるけん、好きなのば取って食べなさい。遊びに行くと、祖母はいつもそう言ってくれた。はーい、と返事して物色するが、祖母の水屋に入っているのは、自分では選ばないような古臭いお菓子ばかり。好きなのは黒棒くらいで、いそいそと手が出るものはあまり入っていない。何も取らないと、ばあちゃん、がっかりするかも。そう思って、黒棒がなくても何かしら選んで食べていた。

この間、いつもは行かないスーパーに行ったら、祖母の買っていたようなお菓子が棚いっぱいに陳列されていた。連れは、昔からあるギンビスのアスパラガスというお菓子を、これ大好きだったんだよね、と言いながら買っている。細長くて黒ゴマの入ったビスケットのようなお菓子。ずいぶん食べていなかったが、たしかに懐かしい。久しぶりのお菓子のパッケージは、脳内を昭和へと連れて行く。

そう言えば、子供のころ駄菓子屋のおばちゃんになりたかった。タコ焼き屋にあこがれていたこともあるから、狭いところでひっそりと働きたかったのかもしれない。ごちゃごちゃした店の奥で駄菓子に囲まれてひとり座り、悪い子供がいたら叱り飛ばす。タバコなどふかせればかっこいいが、残念ながら吸ったことがない。

でも、大人になったら、そんな駄菓子屋は姿を消してしまった。

紐付きの三角のアメ。引っ張った紐の先にあるアメをおばちゃんが渡してくれる。大きいのが取れるとちょっとうれしい。粉ジュースにスルメイカ、小さい餅みたいなお菓子がいくつか四角いプラスチックの容器に入ったもの。クジ引きのおもちゃは大物が当たったことがない。いったい、引き当てた子供はいるのだろうか。駄菓子屋で何を買っていたか訊くと、たいていみな同じものを憶えている。それぞれの記憶は、共通の記憶になる。同じ束から三角のアメを引いた子供と、大人になってから知らずに再会していたとしても、不思議じゃない。三角の紐付きアメは、赤かった。

繋がれた手

ばあちゃんの見舞いに行ったら、びっくりする話を聞きました、と店に併設したギャラリーで洋服の展示をしているデザイナーさんが話をはじめた。

病室に入るとおばあちゃんは寝ていたらしい。することもないので、おばあちゃんの手を握りながら、一緒に行ったお母さんと二人で話をしていたそうだ。おばあちゃんは寝ているが、たまにぎゅっと握り返してきたというから、人の気配は感じていたのだろう。そういう余白の時間では、思いがけない話が飛び出す。

彼は洋服をデザインするだけではなく縫製まで自分でするのだが、戦後、おばあちゃんも洋服を作っていたとお母さんが言いだした。その日、彼は初めてそのことを聞いた。そうとは知らずに、同じようなことをしていた。

おばあちゃんは、背中に子供をおぶい、命を宿した大きなお腹を抱え北京から日本へと引き揚げた。戻ってきてから、生計を立てるために請け負って洋服を仕立てていたという。満州からだったら生きて戻れなかったと思う、とおっしゃっていたそうだ。もしそうだったなら、彼の洋服を私が着ることもなかった。物資不足の中、誰もが洋服をほどいては仕立て直した時代の話だ。手先の器用な方だったのだろう、彼と同じく。その手が彼と繋がれている。

おばあちゃんはその後、洋裁をやめて飲食店を経営していたという。店の名はトミーグリル。彼はその店のミルクセーキが好きで喫茶店だと思っていたらしいが、のちに写真を見て、華やかなウェイトレスさんたちがいて、よそいきを着て行くような店だったと気付いたそうだ。そのきれいなお姉さんたちも、いまではほとんどこの世を去ったらしい。

トミーグリルの写真を見てみたい。見ず知らずの人の過去なのに、懐かしいような気持ちになる。自分の祖父母の若い頃の話も聞いておけばよかったと、今更ながら後悔する。

おばあちゃんの味にはならないかもしれないが、今度展示に来るときは、ミルクセーキでも作ってあげよう。

会話

毎日お客さんと言葉を交わす。もしかしたら、それがその人との最後の会話になり得ることもあるだろう。だけど、これが最後かもしれないと思って会話をすることはもちろんない。

併設しているギャラリーで洋服の展示をしていたときのこと。注文を受けた洋服が出来上がったのに、お客さんがなかなか取りにいらっしゃらないので電話をかけたら、知らない男性が出た。その方は彼女の息子さんで、急なことでしたが母は亡くなりました、と告げられた。ずいぶん前に重い病気にかかり経過観察中だとは聞いていたが、お元気にされていた。いつかはこの日が来るだろうと覚悟していたが、まだまだ先のことだと思っていた。

彼女は博識な人で話が縦横無尽に飛ぶから、いつもいろんな人物の名前が会話に出てきた。たまに名前をど忘れしては、あれよ、あの〇〇な人、わからない？　浅学な私はちっともぴんと来ない。よく名前当てゲームのようになったものだ。

最後に会った日のことはよく覚えている。普段通り元気で、朗らかにいろんな話をして、互いにたくさん笑った。お茶を飲み、本を数冊買い、洋服急いでないからいつでもいいわよー、と去り際におっしゃる。それまでは、いつ死ぬかわからないから早く作ってね、と軽口をたたかれていたのに。

しばらく経ったある日、本を買ってくれたお客さんから名前を告げられ、母が亡くなりましたと報告された。先日、電話に出られた方とは違う、もう一人の息子さんだった。私がまだ知らないと思って来てくださった。母がこちらの話をよくしていました、だから、言っておかないといけないと思いまして。母にすすめられた本を買いに来ました。私は彼女から家族の話を聞き、ご家族は店の話や店で買った本の話を聞いていた。互いに会うことなく存在を知っていた。悲しいやら嬉しいやら、何と言えばいいのかわからなくなった。いまでも、彼女が喜びそうな本が入荷したときには顔が浮かぶ。そして、読んでもらえないことがさみしい。

ダンシングフラワー

通勤途中に信号待ちで止まっていたら、隣の白い車のダッシュボードの上で薄紫の小さな鉢に入ったおもちゃの白い花が踊っていた。あまり凝視してはいけないと思いながらも、久しぶりに見たので、ついつい横を向いてしまう。花は、茎をゆらし、二つある葉っぱをゆらし、ぎこちなく踊っている。なんだっけ、これ。たしか音楽に合わせて踊るはずだが、私にはその音楽が届かないから無音で踊っているように見える。運転している女の人は、いったいどんな音楽を聴いているのだろうと考えていたら、ふと頭に浮かんだ。ダンシングフラワーだ。

信号が青に変わり、その車の運転席は見えなくなった。しかし頭には残像が残り、それはいつしか映画『ジュラシック・パーク』のダッシュボードの上のコップに変わっていった。

車に乗っている子供が何かの音に気付く。すると、コップの中の水に波紋が広がる。揺れる水の波紋が恐竜の存在を表し、観るものに恐怖と、そろそろ来るぞという期待を与える。そして、ティラノサウルスの登場。この映画を観た人は、この場面をだいたいみんな覚えているだろう。観たのはずいぶん前なのに、こんなふうにひょっこり顔を出すなんて思わなかった。映画の他の部分はうろ覚えなのに、コップの中の水の波紋だけが、妙に生々しく脳裏に残っている。

いつか『ジュラシック・パーク』を再び観る機会があったら、もしかして、ダンシングフラワーが踊る映像が脳裏をよぎるのだろうか。そうなったら、私はかなり場違いな気持ちになるだろう。記憶のふたが開くタイミングは自分ではコントロール出来ないからしょうがないが、画面の中の登場人物たちが悲鳴をあげながら逃げまどう場面を観ながら、白い車のダンシングフラワーは、何の音楽にあわせて踊っていたのだろうか、などと考えることになるかもしれない。

ところが、後で調べたら、全然違う名前だった。ちっともぴんと来ないが、その踊る花の正しい名前はフラワーロックだった。

骨を誉める

お客さんに知らない本のことを教えて頂くことも多い。未読の本の山が雪崩れそうになっているので、気になっても聞き流してばかりなのだが、珍しく薦められてすぐに探した本がある。そのとき、岸政彦さんいいよね、とお客さんと話していた。岸さんは『断片的なものの社会学』という本を書いた社会学者なのだが、初めての小説が刊行されたばかりだった。『ビニール傘』というその小説は、見下ろされることはあっても、決して見下ろすことのない人たちを描いている。岸さんの社会学の本を読んでいると、そこに物語が潜んでいるのを感じるから、いつか小説を書くのではないかと思っていた。お客さんとそんな話をしていたら、好きかもしれないと教えてくださったのが、川崎徹さんの『最後に誉めるもの』だった。

この小説を読んでいない人にはネタばれで申し訳ないのだが、最後に誉めるものというのは、遺骨のことだ。たいていの日本人は、最後は骨となって近しい人に拾われる。お年の割にりっぱな骨です、などと火葬場の人に言われながら。

骨を誉めてもらってもね。もう骨しか誉めるものはないじゃないか。

小説の中、収骨室で交わされる会話だ。

その本を読んだ矢先、親戚が亡くなった。母のいとこだが、身内の少ない人なので私も一緒に骨を拾うことになった。まさか遺骨の話を読んですぐに、自分が骨を拾うことになるとは思わなかった。

人間が骨だけになるのにかかる時間は、一時間四十分ほど。逝ってしまったひとの話をしていると、あっという間に過ぎる。焼骨を待っている間は、不思議といつも穏やかな気持ちになる。晴れやかといってもいいかもしれない。『最後に誉めるもの』は、死者ばかりが出てくるのに、穏やかな気持ちになる小説だった。それは、焼骨を待っているときの心持ちと似ているかもしれない。

骨を拾いながら、なかなか誉めてくれないなと思っていたら、最後に、のど仏の形がきれいに残っています、と誉めてくれた。

聞こえる音

そのときの音楽というものがある。今まさにこれを食べたかったと思うことがあるように、気分にしっくりくる音楽。自分で選んで聴いている場合はそれほどありがたくはないが、外出先でふと流れてくる音が心地いいと得した気分になる。本を読むときにかける音楽もできれば選びたい。なくてもいいのだが、たいてい聞きながら読んでいる。あるいは、読みながら物語そのものから音楽が立ち上がることもある。

石田千さんの『きなりの雲』という小説に「棚をたどり、封を切っていないCDに、目がとまる」という一節がある。音楽を変えようとしている場面だ。そのCDのタイトルもアーティスト名も書いてないが「手にとると、きらきらした夏の海に、少年たちが笑っている」とジャケットの説明らしき文章が続いている。それを読んだとき、あっと思った。気に入って、家で毎日のように聴いていたCDのジャケットの写真が目に浮かぶ。気になりながら三十頁ほど読み進めると、主人公がその封を切る。「なかをひらくと、金髪の男のひとの顔写真があった」と書いてある。ミュージシャンの写真のことだ。〝ゆったりとやわらかな、ギター〟という音色の説明もぴったりだ。間違いない。誰かに言いたくてしょうがなかったから、この本を読んだことがあるお客さんに無理やりCDを貸して、納得しあった。今でも、この本とこの音楽の記憶はセットになっている。どちらを読んでも聴いても、音が流れ、ゆっくりと深く呼吸をするような文体や音楽が立ち現れる。

これに違いないとは思っていたが、答え合わせをしたかった。とはいえ誰に、と思っていたら、思いがけずご本人にお会いする機会を得た。尋ねたら、小さく笑って答えてくださった。そうです、あのアルバムいいですよね。花丸が付いたテスト用紙をもらったような気分になった。

このCDが、なぜ封を切られず棚に置きっぱなしになっていたか知りたい人は、是非この小説を読んで確かめてください。

夕暮れ

夕暮れどきが苦手だ。夜の帳《とばり》が下りるころ、空がだんだんと光を失っていくさまを見ていると心細くなる。誰もがそう感じると勝手に思っていたが、そうでもないらしい。子供の頃からそうだった。昼寝から目が覚めたときに日が暮れそうになっていると、悲しくさえなった。暗くなるのが嫌だというわけではない。今日という日が終わるのが、物悲しいのだろうか。でも、夕日が沈んでいく姿には見とれてしまうから矛盾している。

心細いと書いて、幼い頃のことを思い出した。祖父母の家に遊びに行ったときのこと。近所の学校で、きょうだいたちとかくれんぼをしていた。隠れていたら誰もいなくなっている。泣いてひとりで帰ろうとしたら姉たちが笑いながら出てきた。いたずらだったらしい。前後の出来事は覚えていないのに、置いていかれて無性に悲しかったその気持ちだけが、はっきりと記憶にある。定かではないが、夕暮れどきだった気がする。

暮れていく時間は心許ないが、完全に闇がくれば平気になる。月が煌々《こうこう》と浮かんでいれば、うっとりと眺める。家に着いて玄関を開ける前は、月がどこに見えるか確認する。上弦の月、下弦の月、三日月、満月。月は、満ちていても欠けていても見飽きない。月仲間がいて、特別な月が見えるときは連絡がくる。いま、月見てる？　それぞれの場所にいても、見上げる月は同じ月だ。

引越した店の場所は、窓がたくさんあるので外の様子がよくわかる。近くを通る路面電車も見えるし、ランチに向かうサラリーマンの姿も見える。陽がかげって夕刻へと時が移り、少しずつ夜が空を侵食していくのもわかる。だから、仕事に追われていても、時間を忘れるということがあまりない。日が暮れはじめると、近所の飲食店から美味しそうな匂いが流れてくる。階段の電気をつけたり、お客さんの見送りで外に出ると、ふいに匂いが届く。子供の頃、帰り道に嗅いだ匂いを想い出す。だから、夕暮れどきもあまりさみしくはない。

色づく

葉っぱが少し色づきはじめている。まだ緑の方がずっと多い。出先の喫茶店の窓から見える木の枝に、落ちる寸前の雨のしずくがとどまり、かすかな光を集めて枝とともに揺れている。今日は雨だから草木がしっとりとしている。今年の夏は、いつにも増して暑かった。過酷な夏を生き延びて、やっと深々と息をしている、そんなふうに見える。人間も一緒だ。もうろうとして夏をやり過ごし、やっと届いた秋の気配に安堵し、深呼吸をしている。ともにのびやかだ。ただ葉っぱを見るためだけに見たり、雨だれに見とれたりする余裕が出てきた。

雨はしとしとと降り続け、さっきから見ている葉の先のしずくは、ゆれても、ゆれても、落ちない。枝を持って揺らしてみたいなと思わないでもないが、やらない。窓の外にはテーブルと椅子が置いてある。座る人は、もちろんいない。椅子の背のフレームの部分に雨粒がいくつも並んで、ビーズの飾りがついているように見える。テーブルの周りにも雨粒がいくつもぶら下がっている。レースのテーブルクロスがかけてあるみたいだ。飽きもせず、雨のしずくが揺れるのを見ている。

周りのテーブルにもわりとお客さんはいるのだが、窓の外に意識が向いているせいか、彼らの声はだんだん言葉ではないような気がしてくる。雨音と音楽と人々の会話は、境目がどこかわからなくなり、頭の中でもわもわと響いている。人の気配が遠ざかる。

気付けば、空が少し明るくなって雲間から陽がさしている。雨が上がった。枝や葉っぱに残ったしずくの中の光が増している。しずくはしばらく、そこにとどまるだろう。そして、いつしか消える。

黄色くなった葉っぱが、吹いた風に乗ってひらひらと数枚、蝶のように飛んでいった。今の私は、このぐらいかなとふと思った。全部落ちるにはまだまだ時間がかかるけど、若葉の頃はとうに過ぎた。少しずつ黄色くなったり、赤くなったりしていく。そう悪くもないもんだ、とちょっと思った。

* *
* *

旅の仲間

先日、文芸誌『アルテリ』を一緒に作っている浪床《なみとこ》敬子さんと、渡辺京二さん宅を訪れた。雑談していると、店の調子はどうだ、とおっしゃる。お客さんは来ているのか、と。最近店にあまりいらっしゃってなかったので余計に心配のようだ。

渡辺さんは、私に借金があると知ってから、お客さんが入っているかどうかをいつも心配している。借金があっても店はなんとか続いているから大丈夫ですよとのんきに答えているが、安心できないらしく、いろんな人に店を紹介してくださる。この人は愛想がなくて怖いが慣れると大丈夫だから、また来てちょうだいね。人を連れて来ては、私の人見知りを埋め合わせるように言ってくださる。

でも、心配事は私のことばかりではない。私が作家の坂口恭平くんと親しくなったのは、渡辺さんに仲良くしなさいよと言われたのがきっかけだった。渡辺さんは、彼の気分が落ち込むことがあるのを心配しているから、恭平は原稿書いているか、とよく訊いてくる。あげればきりがないが、他にも気にかけている人は誰彼いて、心配ばかりしている。

渡辺さんは、最初、文芸誌の名前を『旅の仲間』にしようとおっしゃった。紆余曲折あって、『アルテリ』になったのだが、今となっては、自分も旅の仲間にしてもらえたのだな、とその名前がときおり頭をよぎる。アルテリ、という名前の向こうに、旅の仲間を見る。昔は、仲間という言葉が面映《おもは》ゆい気がしていた。でも、今はそう思わない。身内で凝り固まらずに人とつながりなさい、ということを渡辺さんに教わった。仲間は必要だと教わった。

渡辺さんが心配し続けた石牟礼道子さんが亡くなった。その空白たるやどれだけ大きかろうと察するが、私などが容易に想像できることではない。ひとつだけ出来るのは、渡辺さんに心配してもらうことだ。私のことなど心配してもたかがしれているが、もっともっと心配してもらおうと思っている。借金なんかいつまでも返し終わらずに、心配してもらおうと思っている。

落椿

用があって店に着くのが少し遅くなった日、階段の踊り場に椿とみかんが置いてあった。お地蔵さんのお供えものみたいに。居ない間に誰か来ている。踊り場に木煉瓦を敷き詰めて、映画のチラシや展示会のDMを並べる場所をつくっている。そこに、ポトスをコップに挿して置いているのだが、一緒にピンク色の椿が一輪挿してあった。みかんもふたつ、木煉瓦の上に置いてある。みかんは美味しく頂き、椿は眺めたいから店内の花瓶に挿し直した。いまだ、誰が持って来てくれたのかはわからない。

幼いころ、長屋のような貸家に住んでいたのだが、そのお向かいの家に椿の木があった。道にはみ出した枝から落ちた椿の花を食べものに見立て、弟とままごとをして遊んだ。椿のこと以外に、その場所の記憶がない。椿は花弁を散らさず、首が落ちるようにぽとりと落ちる。その、花を終えるさまを落椿《おちつばき》というそうだが、その様子を描いた石牟礼道子さんの文章がある。短い話だが、くっきりと映像が浮かぶような見事な表現が心をざわつかせる。

幼い彼女が父の背中におぶわれている。ところどころ断崖になる岩の上の、木々の根や枝に摑《つか》まりながら磯の道を帰っている。父の肩先には椿が咲いている。夕暮れどき、突き出た岩場と岩場の間に上がる波のしぶき。這うようにすすむ父の背におんぶされている幼子の石牟礼さんは、自然にその肩から首をさし出し、真下の波浪を、逆さになって覗き込むことになる。恐ろしさで緊張し、息をはりつめている。父が岩場を跳んだ瞬間、しぶきが上がり怒《ど》濤《とう》の渦の中に、一輪の赤い椿が、吸い込まれるように落ちていったそうだ。それが、三つ児の魂に、自分の身替りのように感ぜられた、という。

思い出せばゆっくりとしぶきがひろがり、赤い椿もスローモーションの映像のように、見えない錘《おも》りに曳《ひ》かれながら、音のない渦巻きの中にまっすぐ吸い込まれる。

その光景は、彼女の心象の花となり、散ることはない。

猫のねぐら

急に寒くなったから、猫がやたらと体に乗ってくる。まだ暖房器具を出していないから、人を暖房替わりにしている。こちらも寒いのでお互い様と歓迎する。猫は人間より少し体温が高いから、ちょうどよい温かさだ。でもそのうち、寄りかかられているところが痺れてくる。今は、折り曲げた左脚のうえに、体重が八キロ以上ある猫が乗っていて、足が痺れて自分のものではない感じになってきた。こんなことを書いていると、降ろせばいいじゃないかと言われるだろうが、このうえなく幸せそうに寝ている顔を見てほしい。あごを私の太腿にのせて、すやすやと寝息をたてている。閉じたまぶたの中で眼球が動いているから、たぶん夢も見ている。寝言も言い出した。起こせたものではない。

寒くなってくると、布団の上に猫が寝始める。体の上に乗りたがるので、重くなると無意識に体が動いて猫を落とす、ということを繰り返しているうちに、自分がベッドの隅に追いやられている。そうして朝方になると、布団からはみ出て寒くて目が覚める。

さらに寒くなると中に入ってくる。人の体に近いところを奪い合って、布団の中で四匹の猫たちがもめることになる。いちばん大きい猫が私の体に沿って寝そべると肩から膝くらいまであるので、寝ぼけているときは人かと思う。布団の中で丸まるのもいれば、人みたいに顔だけ出して寝るのもいる。人と猫が布団の中でジグソーパズルのピースのようにくっついているから、寝返りが打てない。

冬になると、野良猫をあまり見かけなくなる。外の猫はどんなに寒くとも入る布団はない。どうやってしのいでいるのだろう。ビルとビルの隙間か。車の下か。室外機の上か。なるべく暖かいねぐらを探すのだろうが、そこは少しましというだけだ。もともと人間に利用されるために連れてこられた猫たちが不要になって放棄されて、いまはやっかいもののように扱われている。

寒くなってきた。彼らはどこで寝ているのだろうか。

余白

通勤のときは川沿いを通る。川の名前を白川という。ほとんどの時間を家と店で過ごすので、川岸の眺めを見るときがいちばん季節を感じる。桜が咲いて緑が茂り、葉っぱの色が変わり、落ちてゆく。川は穏やかなこともあれば、荒々しく増水していることもある。豪雨のときは、濁流が橋を流さんばかりの勢いで流れる。

ここ最近は、葉っぱがまばらになって風景が寒々としてきた。枝と枝の間の余白が、木の風情をいっそう際立たせている。その余白は美しいだけではなく、胸を締めつけるような何かしらの感情を抱かせる。人間には作り出せない、意図のない情景の隙間。信号待ちの間にしばし見入ってしまう。

では、そこに人が存在するのはどうなのだろう。人も自然の一部だが、余計なものをたくさん作り、なおかつ破壊している。そういう私も排気ガスをまき散らしながら、その美しい光景に見とれている。余計なものをたくさん手放せないでいる。

数年前の熊本の豪雨で白川が氾濫した。私が生まれる以前、この川が氾濫して大水害になったという話は、祖父母や父母の世代から聞いている。でも、自分の目でそれを見るとは思っていなかった。もちろん護岸工事が進んでいるので、当時のように街中が水浸しになるようなことはなかったが、真下まで水位の上がった橋を渡るのは恐ろしかった。

しばらくして、川は穏やかに流れるようになった。そのとき気が付いた。この辺り、特に橋の下には、つい先日までホームレスの人たちがいた。川岸を歩いたときには、自分が食べるのもままならないのに子猫の世話をしている人も見かけた。猫は痩せていて育つかどうかもわからなかったが、猫は彼らの拠り所になっている。取り上げる勇気はなかった。彼らはどこに行ったのだろう。川が増水していくさまを間近で見るのは、どんなに恐ろしかっただろう。

もっと余白のある社会であれば、彼らが行きつける場所があるのだろうか、と考えることしかできなかった。

ストーブ

季節の中でいつが好きかと訊かれると、迷わず冬だと答える。理由はいろいろあるが、いちばんはストーブかもしれない。小さな頃からストーブにへばりついて離れなかった。暖かいから、だけではない。上に載せたやかんから出る湯気、燃焼筒の赤い色。灯油の匂いや微かに聞こえるしゅんしゅんという音。それらは、じんわりと身体を温める。そして、冬の気配を色濃くさせる。

子供の頃、真冬にはいつも丹前を着ていた。地方によっては、どてらとか半纏《はんてん》とか言うのかもしれないが、我が家では〝たんぜん〟と呼んでいた。たんぜん着とかんと風邪ひくよ。お風呂から上がって薄着のままだと、そう言ってばあちゃんから怒られた。今は薄くて暖かい衣類がいろいろとあるが、昔の冬物は見た目も質量も重かった。綿が分厚く入っている丹前を着ていると、自分の体は思いのほかふくれていて、ストーブにくっついてしまうことがよくあった。そがんくっつくと燃えるよ。いつも怒られていたが、ある日、ほんとうに焦げていた。焦げたくらいなので、笑い話で済んだのは幸いだった。

冬の間はパンをストーブで焼く。ちょっと目を離すと黒焦げになってしまうが、トースターよりおいしい気がする。餅も焼くし、魚もあぶる。なんなら煮炊きも出来る。熊本名物に蜂楽《ほうらく》饅頭という、いわゆる回転焼きのような菓子がある。安価でおいしく、腹持ちがいい。小さい頃から何個食べたかわからない。帰省すると必ず買う、というお客さんもいる。もしかしたら、熊本のソウルフードなのかもしれない。黒あんと白あん、どっちがいい？　と訊くとみなすぐに返事を返してくる。レンジなど家庭になかった頃、次の日に持ち越した蜂楽饅頭は、炊飯器でじんわり温めるかストーブでこんがり焼いて食べていた。

ストーブが好きなのは猫も同じで、いまでは我が家のストーブ前は猫に占領されているから、私は焦げるほどくっつけない。猫はというと、上で焼いている魚を狙って、たまにひげを焦がしている。

ジミーのアップルパイ

書棚に、小さな一輪挿しを置いている。一目見ても、一輪挿しとはわからないくらい小さいもの。開店祝いに作家の駒沢敏器さんに頂いた。

駒沢さんの本で『アメリカのパイを買って帰ろう』という本がある。アップルパイのエピソードからはじまって、アメリカ人と共に生きた戦後の沖縄人の姿を、丁寧な取材で描いている。この本に出てくるのは、沖縄でしか売っていない「ジミーのアップルパイ」。濃厚な香りのする、表面が蜜でしっとりと濡れた甘いパイ。

駒沢さんは一度しか店に来ていない。編集者の新井敏記さんが連れて来てくれた。水を巡る旅の途中のことで、私も一か所だけ案内することになっていた。ちょうど書店の開店準備中で、棚に一部だけ本が入り、平置き用のテーブルや、お客さんに頂いた椅子が並び始めたところだった。駒沢さんがこれいいねとほめてくれるものが、たまたま頂いたものばかりで、じゃあ僕もなんか贈ろうと滞在中ずっと思案してくださった。帰るころ、いいものを思い付いたとおっしゃる。沖縄料理の取材をしたときに仲良くなった人が小さな一輪挿しをたくさん持っていて、それをあげると前から言われている。次の取材のときにもらって送るね。よく覚えていないが、作った陶芸家さんは、もう亡くなっていると聞いた気がする。しばらくして、小さな花瓶が三つ、無骨なプラスチックの名刺入れに詰められて届いた。

ある日、帰省してきたお客さんが、嬉しそうにお土産をさし出した。沖縄へ旅行してから帰ってきたんです。ジミーのアップルパイ買ってきました。駒沢さんの本を気に入って読んでくれていた人だ。思いがけない頂きものに驚き、しみじみと嬉しかった。

ジミーのアップルパイを食べたことを、駒沢さんには報告できない。書店を開いた数年後に急逝された。橙書店のことを最初に文章にしてくれたのは駒沢さんだ。それなのに、埋め尽くされた書棚も、並んだ一輪挿しも、見てもらうことは叶わなかった。

お正月の猫

お正月は機嫌のいいものだ。年末の慌ただしさが過ぎ、たいていの人がゆったりとしている。義務感を抱えながら実家に行くという行事があるかもしれないが、行ってみると、それなりに安堵感もある。普段あまり顔を合わすことのない甥や姪と会うと、あまり代わり映えのしない自分も、ちゃんと年を重ねていると実感する。

店の営業が始まると、付近のご近所さんとも新年の挨拶を交わす。おめでとう、今年もどうぞ宜しく。よく考えると、今年もお世話になりました、来年も……と年末に挨拶を交わしてから数日しか経っていないのだが、それでも気分が改まる。

年末に入ると、帰省のお客さんが現れはじめ、おかえりなさい、ただいまと言い合う。恒例、という言葉が浮かぶ。いつも決まって行われること。若い頃は面倒だと思うことも多かったが、今ではそれなりに大切なことだと思えるようになった。日々に追われて、「今度」とか「いつか」とか言いながらやり過ごしていることをさせてくれる、いい機会だ。祖母の生前、大晦日におせちを作りに行くのは義務であったが、終わってみると、多少のさみしさといい思い出だけが残っている。年賀状だって、書いているときは面倒でしょうがないが、不義理して連絡をさぼっている人の顔を年に一度くらい思い浮かべるのはいいことだ。

元日はさすがに店を閉めるが、以前はポストを設置していなかったので年賀状だけ取りに行っていた。ある年の元日、店の前に車を停めて用事を済ませると、猫が近づいてきて鳴き始めた。近所で可愛がられている猫がやけにまとわりついてくる。車に乗り込まんばかりのいきおいだ。ああ、そうか。ねえねえ、なんで誰もいないの、と訴えているのだ。店は繁華街にあるのだが、さすがに元日は閑散としている。今日が元日だなんて知らないもんねえ、明後日くらいにはみんな来るからね。後ろ髪を引かれながら、恒例の「年始の挨拶」をしに行くために車に乗り込んだ。

手

手が気になる。体のどこに目が行くかという話になると、手だなと思う。きれいな手だけが好きなわけではない。白魚のような手はもちろん美しい。でも、ごつごつしていてもふっくらしていても、しみだらけでもあかぎれがあっても、さまざまに興味深い。年齢は手に出るとよく言うが、手の表情を作るのは重ねた年齢だけではない。肉体労働をしている人、料理を作る人、庭仕事が好きな人、それぞれの指や甲を持つ。ひとつとして同じものはない。私の手も洗い物と毎日触る段ボールのせいで荒れている。乾燥している冬の間は、しわしわになって親指の端が裂けてくる。

写真集を見ていると、自然と手を見ている。小野庄一という写真家の『百歳王』という、百歳を越えた人ばかりを写した写真集を持っている。彼らの手はどれも存在感がある。まるで樹木の年輪のようだ。体が小さくなっても手はそんなに小さくならない。節くれだった指は杖を握りしめ、パイプをふかし、繕いものをする。玄孫《やしゃご》の手を握り、伴侶に手を添える。わずかにたるんだ皮と寄ったしわが、豊かな表情となる。

祖母は晩年、施設に入っていた。見舞いに行くと、帰り際、祖母は必ず窓から駐車場を見ていた。窓の向こうで振られる手を見つけると、どうにも去りがたかった。

あるときから、祖母の手が気になるようになった。入院していた病院で検査をするのに、付き添いをしていたときのことだ。祖母はすっかり呆けていたので、彼女が鼻歌を歌ったり、寝てしまったりする横でぼんやりしていた。そのとき、ふと指が目に入った。ばあちゃんの指は、こんなにほっそりとしてきれいだったっけ。しげしげと眺めて、なぜかカメラを持っていたので写真も撮った。たぶん、それまでは祖母の手をじっと見たことなんてなかった。

祖母が危篤のとき、手を握ってベッドの脇に座っていたのだが、連日夜中まで仕事をしていた私は、疲れ果てて寝てしまった。祖母と手をつないで寝たのはこのときが最初で最後だ。

ばあちゃんと挨拶状

書店を開店したときに挨拶状をくばった。店を営みはじめてずいぶん経つが、いわゆるショップカードというものを作ったことがない。この挨拶状にも店舗情報は何もなくて、挨拶文だけを印刷してしまった。そのときすでに喫茶店を七年くらい営業していて、その隣で始めるのでいいかと思ったのだ。よく考えたら、不親切極まりない。反省したので、移転案内には住所と地図を載せることにした。

書店を作ったのは年が明けて寒さがいちばん増す頃だった。あと少しというところで、入院中の祖母の容態が悪くなった。危篤だと言われて病院にかけつけたが思ったより元気で、話しかけてきたりする。意外と乗り切るんじゃないかと思っていたら、三度目の危篤の呼び出しで逝ってしまった。慌ただしく葬式の準備をしている最中に用事を済ませに店に行ったら、挨拶状の校正がＦＡＸで送られてきていた。最初の一枚は、ばあちゃんに渡そう。本なんて読まない人だったけど。そう思い立って、葬儀場に持って行った。

葬儀場のスタッフの方たちはとても親切で、私が葬儀場にまで仕事を持ってきているのを見かねてか、通夜も始まっていないのにしきりと世話を焼いてくださる。お腹空いてないですか、お饅頭だったらありますけど。お茶じゃなくて、珈琲ご用意しましょうか。

いい葬儀場でよかったと安堵していると、ご相談がと、スタッフの方に呼ばれた。葬儀の後、家に用意する小さな祭壇の準備のことだった。いま飾ってあるお花を持っていっていいですかとおっしゃる。祖母は紫色が好きだったので、なるべく紫のお花を使ってくださいとお願いした。

葬儀場で通夜を過ごし、二日酔いの頭を抱えて喪服に着がえる。最後にゆっくり、と思って祖母の様子を見に行くと、棺の花も紫色のものに入れ替えてあった。親切にしてもらってよかったね、そう語りかけながら、花の横に開店のお知らせを置いた。

地図がなくても、祖母はたどり着いただろう。

みかんとパール柑

九州は柑橘類が名産だ。冬は特にいろんな柑橘類が店のカウンターに載る。頂きものばかりだ。段ボール箱いっぱいのみかん。大分から送られて来るかぼす。ご近所の庭から来る、無農薬の柚子にきんかん。たまには、大物の晩《ばん》白柚《ぺいゆ》も鎮座して、その大きな果実にマジックで顔を描かれていたこともあった。普段なら、いくら常連さんとはいえ、カウンターに載っているものを勧めないのに食べたりはしない。でも、みかんだけは特別だ。熊本の人はみかんをよく貰うので、気が引けることなくねだれるのだ。食べていい？　何個でもどうぞ。気軽に食べることができる。

子供の頃、みかんを持って来て、とよく祖母に頼まれた。一個持っていくと、一個ってあるかい、そう言われる。彼女の中では、みかんというものは、いっぺんに二つ、三つは食べるものだったらしい。そのくらい、熊本では冬になると当たり前に家にある果物だ。前に家の引越をしたときに、ベッドの下から、からからに乾いたみかんがころりと出てきた。猫が転がして遊んだに違いない。りんごがなくなったら気が付くが、みかんがなくなっていても気付かない。それからは、転がせないところに置くことにした。

人のためならむく気になるのだが、自分のためだけに果物の皮をむくのは面倒くさい。だから、ついつい、そのまま食べられるものを選んでしまう。いちごやぶどうに、すもも。きんかんは、子供の頃から、木からちぎってそのまま食べていた。種も出さずに食べてしまう。

一月も中頃を過ぎると、友達がパール柑を差し入れに持ってくる。彼女は、柑橘類の中でパール柑がいちばん好きらしい。私が面倒くさがりなのを知っているので、差し入れてくれるだけではなく、きれいに皮をむいて、薄皮から取り出してくれる。皿に行儀よく並んだ一房一房は、つやつやとして「パール」という名前がぴったりだ。

面倒なだけではなくて、誰かがむいてくれた方がおいしいと思う。

ものまねカラス

道を歩いていたら、ばさっと何かが目の前を横切った。ひとりで歩いていたのに、びっくりしたーと声が出るくらい驚いた。カラスだった。飲食店のポリバケツを漁っていたらしい。もう昼も近いのになぜゴミが収集されていないのだろうと思いながら、ふたを閉じた。閉じた瞬間に、頭上から大きい声で、カァアーカァアーと鳴かれた。おれの昼飯に何するんだよ、とでも言っているのだろうか。ずいぶんとご立腹みたいで、電信柱に止まってずっと鳴いていた。ビルに入っていくのを見られたから、中にいるのがわかっているのだ。電信柱は店が入っているビルの真横に立っている。カラスは賢いから、顔を覚えられたかもしれないなあ。でも、ゴミが散らかるのもまずいしなあ。なんだか叱られている気分になった。

ずいぶん前だが、歩いていたら頭上から犬の鳴き声がした。高い建物などないところだ。歩いていた辺りは住宅地で、民家が並んでいる。すぐそこの家のガレージに犬がつながれていたが鳴いてないし、確かに上から聞こえた。ワンワンワンワンと聞こえた。変だなと思っていると、ワン、また聞こえる。見上げると、カラスが犬の鳴き声をまねして鳴いていた。賢いとは聞くが、鳴きまねもするのかと感心して見ていると、下方にいる犬がうろたえている。犬を馬鹿にしているのか、私をだまして遊んでいるのか、それとも両方なのか。なんにせよ楽しそうだ。家の窓にもたまにくる。たぶん、うちの猫もからかわれているのだろう。

ゴミを漁るカラスと人間の諍いは堂々巡りだが、カラスの知恵の方が勝っている気がする。都市では天敵のように扱われるが、神話の世界では、あがめられることもある。先住民の神話では、ワタリガラスは語り継がれる存在だ。前にカラスのヒナを保護した人の話を聞いたことがある。かなり懐くと聞いて、うらやましかった。意思の疎通ができるに違いない。人とカラスは、言葉が通じた頃もあったのだろうか。

ソウルフード

遠方に住むお客さんと、用事があって電話で話していた。ここからどうでもいい話なんですけど。前置きがあって、蜂楽饅頭の話が始まった。いつも帰省のときに買って帰って冷凍していると、前に話していたお客さんだ。

蜂楽饅頭は熊本のソウルフードかもしれない、という文章を書いた翌日、まったく同じことを言いだしたお客さんがいて、カウンターでひとしきり話題となった。そのときの話の続きらしい。今年は買うのやめようかなと言ってたでしょ。あまり覚えがないのだが、そう聞いて私が一瞬悲しそうな顔になったという。後からやっぱり食べたくなって実家から送ってもらったそうだ。私に聞いた通り、ストーブで焼いて食べてみたら美味しかった、と言ってくれた。

『かもめ食堂』という映画で、食堂の主人が、おにぎりを握る場面がある。日本食を出している食堂だが、舞台はフィンランドだ。それは何かと訊かれ、〝おにぎり〟日本のソウルフードです、と彼女は答える。熊本でこの映画を上映することになったのは、店から離れた場所にあるシネコンだった。近所の映画館の女の子たちは少しがっかりして、かもめ食堂メニューを作ってほしかったと言う。こっちで上映だったら作ったのに、とうっかり口走ったら、そこでリバイバル上映することになった。笑顔で、作ってくれるんですよね、と彼女たちに言われては引き下がれない。生姜焼き、おにぎり、肉じゃが、パプリカのきんぴら。上映終了後にまとめてお客さんが来てしまうので、てんてこ舞いだ。でも、小さな女の子がおにぎりを見て、嬉しそうに言ってくれた。わー映画とおんなじ。その顔を見て、報われるとはこういうことかと思った。

上映期間が終わったあと、映画館の女の子たちがお金を出し合って、ご褒美を買ってきてくれた。久子さん、本が好きだから。出演していた片桐はいりがフィンランドのことを書いた『わたしのマトカ』。まだ書店を営んでいなかった頃のことだ。

本を贈る

気に入っている本をつい誰かにあげてしまう。きちんとした贈り物として渡すのとは別の話だ。これあげる、と唐突に渡すので迷惑かもしれない。相手は、親しい人だったり、のちに友人となる人だったり、本の好みが合う人だったりとさまざまだ。この人にこの本を読んでほしい、と勢いで渡している。その気持ちの延長で本屋になったのかもしれない。よく考えると押し付けがましい行為なので、読んだ？　とは聞かないようにしている。どのみち、しばらく経つとあげたことすら忘れている。

そのせいかどうかはわからないが、持っているはずの本がどうしても見つからないことがある。探しても見つからないときは、たぶん誰かにあげたのだと思うようにしている。本をもらうのも好きだ。だから、あげてしまうのかもしれない。あげた本はあまり覚えていないが、頂いた本は誰にもらったのか忘れることはない。

お客さんが、贈り物の本を店に選びにくることもある。勢いではなく、目的を持って探しにくる。贈る理由はそれぞれ。恋人の誕生日だったり、母の日だったり、大切な人を亡くした友人への慰めだったり。相手が本好きだから贈るという人が多いが、言葉では尽くせない気持ちを込めて差し出すのかもしれない。たまに、代わりに選んでほしいと言われることもある。よく知っている人に本を勧めるのはあまり悩まないが、知らない人への贈り物だと躊躇する。だから、いくつか質問をしてみる。男性ですか、女性ですか。本をよく読む人ですか。何に興味がある人ですか。何冊か選んで、どれにするかは本人に決めてもらう。気持ちを込めて渡してほしいので、最終的には自分で選んでいただく。いつも忙しくて時間がない母さんに。自分に自信が持てない友人に。進むべき道がわからなくなって悩んでいる彼女に。言葉を発することが不自由な娘に。

本の先には、知らない誰かがいる。選びに来ているこの時間を含めて、贈り物なのだなと思う。

寝ている猫

猫が眠そうになってくると、鼻の色がどんどん白くなる。正確に言うと、薄ピンク。獲物を見つけたり、じゃれあったりして興奮すると濃いピンクになる。獲物と言っても、紙袋とか脱ぎ捨てた洋服の腰ひもとか、せいぜい窓から入り込んだカメムシくらいだが。

一緒に暮らした猫は、もういないのも含めてみんなピンク色の鼻をしていたから、鼻の色がグレーや黒の猫のことはよくわからない。

いまこうして書いている横でも、猫が気持ちよさそうに寝ている。さっきまでは、邪魔されてうっとうしいと思っていた。マウスに頭突きをされたり、キーボードの上を歩かれて意味不明の文字を打たれたり。さらには、それが予測変換機能に覚えられて出てくるようになり、頭いいんだか悪いんだか最近のパソコンは、などとぼやいていた。それなのに、寝ている猫はつい起こしたくなる。起こさないけど、さわってしまう。静かに撫でたつもりでもやっぱり起きてしまって、ごめんごめん、と謝っている。

猫は、柔らかで、人より少し暖かい肌をしていて、このうえなくさわり心地がよい。でも、寝ている野良猫をさわれることは、まずない。たまに人懐こいのもいるが、さすがに寝ているときに撫でるのは無理だろう。それに、寝ている野良猫に遭遇すること自体が難しい。

借りている駐車場でときおり猫を見かける。白黒の大きいのと小さいの。親子だとは思うが、定かではない。一緒にいることもあるが、この間、小さい方の猫が、何かを食べている大きい猫に寄っていって追い払われていた。もう、独り立ちしたとみなされているのだろうか。駐車場の真横にある飲食店のゴミ置き場を漁っているようだった。気になって見てしまうが、おそらく向こうは早くどっかへ行ってくれと思っている。不憫だと思うのは人間の勝手であって、彼らは自分たちの存在を憐れんでほしいだなんて思っていない。家の猫と、外の猫、どちらが幸せなのか私には判断がつかない。

珈琲の記憶

珈琲は寝起きがいちばん美味しい。まだ目が覚めていないうすぼんやりした頭で、まずは香りに刺激され、それから口に含んで苦みを感じる。美味しいという言葉がぽろりと口をつく。気付けば、珈琲ばかり飲むようになっていた。飲むばかりか、淹れるのが仕事にもなっている。

子供の頃、家にはインスタントコーヒーしかなくて、クリープや砂糖をたっぷり入れて飲んだ。九歳年上の姉も珈琲好きで、彼女が社会人になってからは、ミルやドリッパーを買って、もっと美味しい珈琲を淹れてくれるようになった。手挽きでガリガリと豆を挽かせてもらえるのが嬉しかった。

姉は喫茶店に連れて行ってくれたこともあるが、もうひとり連れて行ってくれた人がいる。祖父の弟だ。大叔父と呼ぶべきなのだろうが、私たちきょうだいは、じいちゃんの弟と呼んでいた。数えるほどしか会ったことがない。祖父はおとなしい口数の少ない人だったが、大叔父は対照的で、ハイカラでおしゃべりな人だった。たまに祖父母の家の隣に住む大伯母の家に泊まりに来ていたのだが、美味しい珈琲が飲みたいと言って歩いてすぐの喫茶店に行くことがあった。一緒に行くか、と誘われるといそいそと付いて行った。珈琲じゃなく、子供らしいものを注文していた気がする。普段会わない人なので、こちらは緊張してほとんど話せないのだが、大叔父は機嫌よくしゃべっていた。子供相手に何を話してくれたのかさっぱり思い出せないが、自分は珈琲が好きで、一日に一回はちゃんとした珈琲を飲まないと気が済まないと言っていたことは覚えている。

その大叔父は、のちに癌になった。おそらく喉頭癌だったと思うが、声を失ってしまった。最後に会ったのは祖父の法事に来てくれたときで、筆談をたまにするくらいで声を発しない静かな大叔父は、まるで別人のようだった。やっと大人になって私から喫茶店に誘えるようになったときには、もう大叔父は喫茶店に行かなくなっていた。

ひかりを見る

ひかりを透すものが好きだということに気が付いた。ガラスのコップ、ビー玉、お酒の瓶、電球。窓がたくさんあるところに引越してから、透過するひかりにばかり目がいく。例えば、窓際のお客さんに運んだお冷のコップ。窓際に置かれたガラスの中では、水と氷がそれぞれの透し方で、異なるひかりを見せる。

通勤路にまるでちょうちんみたいに見える街灯がある。最近は人工的な寒々とした色の街灯が多いが、そこは暖かな色の灯りが暗闇にぼんやりとにじむ。形はぼんぼりにもちょっと似ている。お祭りみたい。最初はそう思ったが、夜中も過ぎると人の気配がなく、車もあまり通らない道だ。夜店でも出ていれば楽しいが、あるわけがなく、祭りという感じはまったくしない。

閑散としていて、ふいに異界に迷い込んだような気分になる。それはそれで悪くない。

その街灯を見ていて、小学生の頃に父にもらったオイルランプのことを思い出した。たしかオイルタンクが陶製だった。なぜ子供にそんなものをくれたのか謎だが、ものすごく嬉しかった。オイルを入れて横に付いているねじを回し少し芯を出す。火をつけてガラスをかぶせると、中でゆらゆらと炎がゆれる。まるで、生きもののように動く。炎がひかりを生み、ガラスのなかでひかりもゆれる。じっと見ていると余計なものが見えなくなっていく。ひかりにしても、炎にしても、目にすることができないものを見せる。風のみちすじや空気の振動、ひかりそのもの。しかしオイルランプは、もらった翌日にガラスの部分を割ってしまった。

ある日、お客さんが、涙の粒のような形をしたガラスに、二枚の羽が抱き合うようにして入っているネックレスをしていた。すごくきれいとほめたら、しばらくして同じものを贈ってくださった。首からさげている日は、胸元にひかりがあると思うと、機嫌よく過ごせる。でも、オイルランプのように割ってしまうと悲しいので、たまにしかつけない。

夢のなか

子犬が三匹出てくる夢をみた。寝る前に、犬がたくさん出てくる『犬ヶ島』という映画を観たからだろう。映画館に観に行きそびれた、と言ったらお客さんがDVDを貸してくれた。面白かったから夢に出てくるかもと思いながら寝床に入ったら、子犬が登場した。映画の最後の方で子犬が産まれる場面がある。

現実世界の私の店は、同じ階に他の店舗はない。だが夢の中では私の店の隣にも店があり、知り合いの歌うたいが来て今日はお隣さんでライブをやるのだと言われるが、子犬がいるから見に行けないな、と思っている。なぜ子犬の面倒をみているのかはわからない。閉店間際だというのにお客さんが入ってくる。彼らはどうやら、旅芸人らしい。彼らが子犬を預かると言ってくれる。旅芸人の車から飛び出したらどうしようなどと逡巡しているうちに、結局子犬は連れていかれてしまう。次は、子犬を預けた不安のかたわら、トマトの心配をしている。上階の人から、後から買いにくるのでトマトを取り置きしておいてと頼まれていたのだが、いつまでたっても買いに来ない。いつ来るんだろう……と考えているところで、取り残されたような気分で目が覚めた。

夢の中で、私は八百屋だったのだろうか。それともトマトも売っている本屋だったのだろうか。どちらにせよ、小商いをしている。どうせなら、旅芸人側がよかった。夢なのだからもっと荒唐無稽でもいいのに、いつも庶民的な夢しか見ないし、自分は自分でしかない。早起きしなきゃいけない日は遅刻する夢。イベントが近くなると人が集まらない夢。原稿のしめきりが迫っているときは、追いかけられる夢。

何回か夢にみた見知らぬ場所がある。渓谷のようなところで、高台の道から川を見下ろしている。山深い場所だというのに、歩いている道には、出店《でみせ》がたくさん並んでいる。その道をはずれると、いきなり開けた場所に出る。私は、ここに行ったことがあるのだろうか、それともいつか行くのだろうか。

握手

帰り際いつも右手を差し出すお客さんがいる。有無を言わさぬ感じで、さっと握手の形をつくる。月に、二、三回ほど来店されるだろうか。近くはないが、そう遠くもないところに住んでいる。またすぐ会えるのにと一瞬ひるむが、もちろん私も手を差し出して握手をする。ふんわりとではなく、ぎゅっと力を込めて握ってくださる。固い握手ですね、と言うと、さいごかもしれないからね、と笑っておっしゃる。やめてくださいよーと言うと、じゃあねと颯爽《さっそう》と帰っていかれる。

いつも夏と冬に帰ってくる元スタッフは、十日ほどいる帰省の終わりに、必ずハグをして涙を浮かべる。さみしがりやだから別れが苦手なのだ。またすぐ帰ってくるでしょ、と言いながら涙は伝染する。この間は、彼女の小学生の息子も一緒に涙をこらえているようだった。さみしいってことは、楽しかったってことだよね、と後から言っていたらしい。そうか、さみしいってことは、いいことだ。小学生から教えてもらった。

一年後のことはあまり考えない。十年後のことはもっと考えない。自営業などやっていると、先のことを考え過ぎれば不安になるのでほうっておく。それより明日が大事で、今日のほうがもっと大事。だからと言って、いつ死んでも悔いはないとはまだ言えない。そう言えるようになるには、何かが足りていないのだろう。時間か経験か、充足感か、あるいはあきらめか。

いつか、と思うこともなるべくやめようと思っている。またいつか、は叶わないこともある。先のことが不安定なのは仕事だけではない。いつ何が起きるかわからない、ということは身に染みている。でも、いつの日か読もうと思って本を積むことはやめられない。背表紙を眺めているだけで、その本は私の一部になっているので、良しとしている。

別れは、小さくとも大きくとも、どれもないがしろにはできない。またすぐ会える人と握手を交わすような気持ちでいればいいのかもしれない。

さくら

毎年楽しみにしている桜の光景がふたつある。

ひとつは家の近所にある公民館の前。見事な大木の桜が一本そびえたっている。屋根を見下ろすようにのびており、そのたもとには小さな川が流れている。枝は、川に架けてあるこぢんまりとした橋を覆うように広がっている。満開を過ぎると橋は花びらでいっぱいになり、桜のじゅうたんができあがる。

もうひとつは、通勤途中にある公園の中。遊具が少しだけある地味な公園。でも、なかなか風情のある木が何本もあって、そのなかに桜が点在している。なんてことはない場所だが、大げさではない桜の佇まいが気に入っている。どちらも普段は通らない道だが、桜の季節だけはそこを通るようにしている。いつもの道から少しだけ脇にそれた裏道だ。ひっそりとした場所が短い間だけ華やぐが、過剰ではない。

桜の木は、花が咲くまでは存在感がない。ある日突然、目に飛び込んでくる。こんなところに桜の木があるなんて知らなかった。そう思うことが多い。咲いた、ひとつ見つけると、次から次へと花が見えてくる。

一度だけ桜の開花に気付かないことがあった。二〇一一年の春のこと。あまりの大きな出来事に日本中が打ちひしがれていた。通勤するときに通る白川沿いにも、桜の木がたくさんある。信号待ちのときに、そろそろかなあと眺めるので、一分咲きくらいでも気が付く。でもその春は見過ごしていた。満開近くになってやっと気が付いた。あれ、いつの間にか咲いてる。こんなときでも、ちゃんと咲く。東北でも、たぶん咲く。そう思いながら、それからは散るまで眺めた。花見をする人をあまり見かけない春だった。

二〇一六年の春、桜の季節が過ぎたころ。今度は私たちが打ちひしがれることになった。通勤途中の白川は、地震直後は泥水のようになった。川沿いを通りながら、でも来年も桜は咲くよね、そう思った。もうすぐ春が来る。だからどうということもないのだが、今年もやがて桜が咲くだろう。

さいごのかけら

友人である写真家の川内倫子さんが、二〇一六年の春に、熊本市現代美術館で写真展を開催していた。その展示で、誰かの記憶の中の熊本を彼女が撮影するという企画があった。公募されて選ばれた、誰かの場所。それぞれの物語を抱えてそこへ赴き、彼女の視線で見知らぬ人の記憶を撮る。展覧会用に作られた写真集には、彼女が構成したテキストが載っている。

すべてを押し流して　なにもないけど美しい町だ　本当に幻になっちゃうのはイヤだな　川が私を受け入れてくれた

連なっているのは、思い出の持ち主が書いたエピソードから抜き出された言葉。別々の文章から選ばれたそれらは、不思議と呼応している。写真を眺めた後は、この頁をおさらいのように読む。方々から声が聞こえてくるように感じる。

この展覧会のすぐ後に熊本で地震があった。少し落ち着いてから、写真集を無性に見たくなった。見知った光景ばかり。阿蘇、天草、熊本城に江津《えづ》湖、商店街に熊本駅。写されている場所がなくなったわけではないのに、何とも言えない気持ちになる。

彼女は、この企画の前にも、何年も阿蘇に通い詰めて野焼きの写真を撮っていた。春が来る頃にやってきて、写真を撮る。仕事を終えると、ただいまと店に帰って来る。店にいちばん近いホテルをとって、東京へと帰る前にも必ず寄ってくれる。そのときは、少し口数が減っている。

展示には、彼女の思い出の写真も一枚入っていた。店を引越す前の、喫茶店側の入口からカウンターを写した写真。引き戸のガラスの向こう、オレンジ色の灯りの中にぼんやりと人影が見える。私はいつもカウンターの中なので、これは訪れるひとの記憶だ、と思った。店に入るときの最初の光景。

彼女は新しい場所にも早速来てくれた。開店祝いを抱えて。開けると、その写真が出てきた。店に飾りやすいように少し小さくプリントしてある。新しいカウンターの横辺り、天井付近にその写真をかけてくれた。

あとがき

日々お店に立つ、その日常にまつわることを新聞連載に書きませんか、と声をかけてくださったのは西日本新聞の大矢和世さんだ。熊本地震が起きてしばらく経った頃だった。週五本の五十回連載と聞いて、今はそんな余裕がないとお伝えしたのだが、来年でもいいと言ってくださって、年明け二月からの連載を引き受けることになった。書き溜めておかないとこなせないだろうと、最初の原稿を書きはじめたのが十二月の初旬。店を引越し、落ち着かない中で年の瀬を迎え、引き受けたことを少し後悔しながら夜中に書いていたことを思い出す。いつもストーブの前で書いていた。猫がごろんごろんとその前で寝そべっていた。深夜過ぎに原稿を送ったのに、大矢さんからすぐにメールの返信が来て驚いたこともあった。いつも丁寧な感想をくださってずいぶんと励まされた。読み返しながらその日々がよみがえる。書くことで、流されずに、かけらとなって残った記憶がある。

その連載中に、里山社の清田麻衣子さんからお手紙を頂いた。まだ書き終わってもいないのに連載の原稿を本にしたいと書いてある。幼い頃に熊本の祖母の家に毎年通っていた、とも書いてある。文章の中に、原風景を少し垣間見てくださったのかと思うと嬉しかったが、そのときは快い返事を出すことができなかった。その後、連載が終わってから随分とほったらかしにしていたのだが、いつでも声をかけてくださいと再び言ってくださった。今年の夏、やっと重い腰を上げて清田さんに連絡をしたら会いに来てくださって、本にまとめることになった。秋に入って追加の原稿を書き始め、最初の連載原稿を書いてちょうど二年後に書き終えた。どの原稿も秋か冬に書いたので、読み返すとしゅんしゅんとストーブの音が聞こえるような気がする。

日常の断片が、読むごとに救いのように心に積もって、今この手紙も味気ないファミレスで書きながらも、満たされた心持ちになります。

清田さんが手紙に書いてくださったこの文章が、書いているとき頭をよぎった。ファミレスで手紙を書く清田さんの手元を見ている気持ちで書いた。

年の瀬で、ここ数日は帰省のお客さんが多い。今日も元スタッフがひとり帰ってきた。阿蘇に行って風景を眺めてたらなんか泣けてきた、と言いながらまた少し泣いていた。彼女が言うような〝なにか〟を少しでも言葉にできたら、と思って書いていたような気がする。私に〝なにか〟が残るのは、いつだって、身近にいてくれる人や店に集ってきてくれる人たちのおかげだ。

先日、束《つか》見本を頂いた。白紙の状態でも、撫でまわしたくなるような本が出来上がっていた。自分の文章にはちっとも自信が持てないが、連載の挿絵も担当してくれた木版画家の豊田直子さんの絵も数点印刷されると思うと、仕上がりが待ち遠しい。完成するまでに、たくさんの人の手が添えられて一冊の本になる。その方々にすべて会うことはもちろん出来なくて、直接お礼を言えないことがもどかしい。

だから、この場を借りてお礼を言わせていただきます。まずは長い間待ってくださった清田さん、きっかけをくださった大矢さん、絵を描いてくれた直子ちゃん。きっと素晴らしいに違いない装幀を手掛けてくださったコズフィッシュの祖父江慎さんと根本匠さん。『アルテリ』を一緒に作ろうと言ってくださった渡辺京二さん。本当に、ありがとうございました。そして、出来上がるまでに携わってくださったすべてのみなさんに感謝を込めまして。この本が読者の方々に届くのはみなさんのおかげです。

そしてさいごに、日常を支えてくださるみなさまに感謝を込めまして。

二〇一八年大晦日　田尻久子

本書は、西日本新聞二〇一七年二月一日～四月一四日に掲載された原稿に大幅に加筆・訂正したものです。

引用文献

・汀に立つ　石牟礼道子『天湖』（石牟礼道子全集・不知火　第12巻）
・雨と言葉　八木重吉『雨』
・失われた声　齋藤晴道『声めぐり』（晶文社）
・骨を嘗める　川崎徹『最後に嘗めるもの』（講談社）
・聞こえる声　石田千『きなりの雲』（講談社）
・落椿　「石牟礼道子詩文コレクション花」（藤原書店）
・さいごのかけら　川内倫子『The river embraced me 川が私を受け入れてくれた』（torch press）

田尻久子（たじり・ひさこ）一九六九年熊本県生まれ。熊本県在住。橙書店・オレンジ店主。『アルテリ』責任編集者。会社勤めを経て、二〇〇一年喫茶店orangeを、二〇〇八年橙書店を開店。二〇一六年、作家・渡辺京二の声がけにより、熊本発の文芸誌『アルテリ』を創刊。二〇一七年第三九回サントリー地域文化賞受賞。著書に『猫はしっぽでしゃべる』（ナナロク社）がある。

豊田直子（とよた・なおこ）一九七三年徳島県生まれ。武蔵野美術大学油絵科版画コース卒。orange/橙書店ほか、各地で個展を開催。